柚言柚语

王振惠◎主编

四川民族出版社

图书在版编目(CIP)数据

柚言柚语 / 王振惠主编. —— 成都：四川民族出版社,2022.1
ISBN 978-7-5733-0409-4

Ⅰ.①柚… Ⅱ.①王… Ⅲ.①散文集-中国-当代 Ⅳ.①I267

中国版本图书馆 CIP 数据核字(2022)第 022340 号

YOUYANYOUYU

柚言柚语

王振惠　主编

出 版 人　泽仁扎西
责任编辑　周文炯
责任印制　谢孟豪
出　　版　四川民族出版社
地　　址　四川省成都市青羊区敬业路 108 号
邮政编码　610091
联系电话　(028) 80640534
制　　版　成都景秀文化传播有限公司
印　　刷　四川科德彩色数码科技有限公司
成品尺寸　145mm×210mm
印　　张　7.125
字　　数　200 千
版　　次　2022 年 1 月第 1 版
印　　次　2022 年 1 月第 1 次印刷
书　　号　ISBN 978-7-5733-0409-4
定　　价　56.00 元

序　言

王振惠

　　在平和县，有一种水果声名远扬，那就是平和琯溪蜜柚。

　　平和琯溪蜜柚的栽培历史已有500多年，在清朝乾隆年间被列为朝廷贡品。中华人民共和国成立后，特别是改革开放后，蜜柚成了平和人民的"黄金果""脱贫果""小康果""致富果""幸福果"。目前全县种植面积70万亩、年产量130万吨；实现直接产值50亿元、涉柚产值超百亿元、年出口量15万吨以上、区域公用品牌价值227亿元，逐渐发展成为多品种、有市场、有活力的蜜柚产业链，延伸并带动了食品加工、交通物流、农村电商、乡村旅游等相关产业发展，全县有90%的农业人口从事涉柚产业，农户收入80%依靠蜜柚产业，实现了经济、生态、社会三大效益，赢得了"世界柚乡·中国柚都"的美誉。蜜柚产业成了平和县经济发展的重要力量，成为平和县全面打赢脱贫攻坚和全面建成小康社会的支柱产业，琯溪蜜柚的品牌之路成为县域发展品牌农业的成功典范。

　　平和琯溪蜜柚果大皮薄、多汁柔软、酸甜适中、营养丰富，有红肉、白肉、三红、黄肉等，先后荣获"中华名果""中国驰名商标""中国名牌农产品""中国地理标志认证"

"中国欧盟'10+10'地理标志国际互认产品""国家生态原产地保护产品"等50多项殊荣，证明商标在17个国家和地区成功注册，成功打开欧洲、北美、东南亚等地区的市场。近年来，平和县着力在"优品种、提品质、护品牌、拓市场、深加工、促融合"上下功夫，推进蜜柚产业可持续、高质量发展；平和县先后被评为国家农产品质量安全县、中国特色农产品优势区、国家级现代农业产业园、漳州国家级农业可持续发展试验示范区核心园区、全国有机肥替代化肥试点县等。

一颗颗蜜柚果，传递了平和的味道，圆了平和的脱贫致富梦，绘就了平和的乡村振兴图。春暖花开的季节，洁白的柚花香醉人；秋高气爽的季节，金黄的柚果招人爱。蜜柚，已经成为平和人的另一种乡音。

回望平和琯溪蜜柚起落沉浮的发展历史，文化是琯溪蜜柚的另外一种芳香，没有文化，许多辉煌将瘦弱成不堪风雨的存在，最后如灰尘般在微风中了无痕迹。从明朝张凤苞为其好友李如化写的墓志铭，我们得以知道，当年在洪水之后，只剩下一棵蜜柚树倒在泥浆中，是李如化把它扶起来，并以这棵蜜柚为母树，重新培育，避免了蜜柚在明朝就消失在历史深处。也是从这篇墓志铭中，我们可以判断，蜜柚在明朝的那场洪水之前就存在，李如化，也就是西圃公的行为，仅仅是蜜柚发展史上的一个重要节点，之前的发展之所以模糊，就因为没有文字的印记；清代学者施鸿保的《闽杂记》一书说："品闽中诸果，荔枝为美人，福橘为名士，若平和抛则侠客也。"就这几行字，让我们清楚，当年平和琯溪蜜柚被称为"平和抛"，被誉为"侠客"。依然是文字，康熙时《平和县志》记载"柚有红白二种，出小溪者佳"。诸如此类的记载，让我们清楚蜜柚的来

柚言柚语

路，虽然有些地方不尽清晰，但也留下了可以追寻的脉络。我们明白，许多时候，要留下身影，唯有文化。在推动蜜柚产业高质量发展的过程中，文化至关重要，在国家级现代农业产业园创建过程中，更须用文字记载创建的过程，用文化助力品牌，包括如何赏柚花、尝蜜柚以及书写蜜柚的味道、蜜柚的诗。唯有如此，才能使身居平和之外的人也可以在字里行间感受柚都风采。多年以后，回望时人们也能凭借文字感受蜜柚的另一种芳香。于是，有了这本书，有了众多作家独特的体验，有了这些个性化的文字，在品牌、品种、品质等之外，这些文字，将为国家级现代农业产业园增添别样的风采和韵味。

　　是为序。

目　录

柚香深处

柚见花开

甜蜜柚惑

柚乡丰年

柚向远方

柚香深处

平和抛

何　况

　　福建平和是著名的柚乡。每年柚花盛开时节，平和柚花香
满城，招引来众多识香人。平和文友黄荣才多次诚邀赏柚花，
却屡因俗务缠身，终未成行。四月初，柚花应时飘香，厦门几
位爱书人心痒痒，经在厦的平和女婿王永盛大力组织，方得偿
夙愿。

　　平和之行，对黄荣才多有叨扰。赏满山柚花，逛九峰古
镇，观林语堂故居，品当地小吃，心情自然大好。此后，对平
和便有了一份特别的牵挂，读书时看到有关平和的史料遂生出
几分亲切来。

　　日前闲翻文友张云良惠赠的福建人民出版社 1985 年 8 月
版《闽小纪　闽杂记》一书，看到两条有关平和蜜柚的材料，
颇感新奇。此书为"八闽文献丛刊"之一种，其中《闽小纪》
四卷为清周亮工撰，《闽杂记》十二卷为清施鸿保撰，是清代
较早记述闽地风土、人情、物产、工艺、掌故的杂著。此书现
已难得一见，倒不妨将两条有关平和柚的材料抄录于后。

　　《闽杂记》卷十《平和抛》条下记："闽果著称荔枝外，
惟福橘、蜜罗柑。窃以为福橘之次，当推平和抛。他处出者，

瓤中肉两层，上下直生相衔；独平和出者，横直杂嵌，不分层数，香味皆可敌荔枝，第色逊耳……平和诸处，亦惟琯溪陈氏为最。每年备贡外，必于实初结时给价定数，以墨印识其上，方可多得。予尝效周栎园先生品闽中海错，亦品闽中诸果，荔枝为美人，福橘为名士，若平和抛则侠客也，香味绝胜而形容粗莽，犹之沙叱利。古押牙，嶔崎疬落，不以体段悦人者。《漳州志》不载抛，惟载柑类，有朱柑、乳柑、光柑、白柑、葫芦柑而已，不可解也。"

在平和"小西天"登山观花时曾听黄荣才介绍，平和柚迄今已有五百余年的栽培历史，早在清乾隆年间就被列为朝廷贡品。但恕我孤陋寡闻，平和柚古名平和抛，在我却是第一次听说。其来龙去脉，《闽杂记》卷十《抛》条下有记："抛字，字典不载，疑即柚也。古尤萧韵多同，如修或作条，愁或作骚之类。书传及前人诗文可证者甚多。盖本作柚音，讹为抛耳。《尔雅·释木》柚条注：'似橙而酢。'《埤雅》云：'秦风有条者是也。'则柚木亦名条，条与抛音尤近也。谢肇淛《五杂俎》言其实在树，任风抛掷不落，故谓之抛，乃是臆说。闽中上诸府有仍名柚者，或谓别一种亦非，上府读柚，去声。"

《闽小纪 闽杂记》撰述者皆非闽人。《闽小纪》撰者周亮工，字元亮，又字缄斋、栎园，河南祥符（今河南开封祥符区）人，明崇祯十三年（1640年）进士，曾任官福建多年，是清初著名学者和艺术鉴赏家，一生著述颇丰，有《因树屋书影》十卷、《读画楼画人传》四卷、《印人传》四卷、《赖古堂集》二十四卷等多种，清康熙十一年（1672年）卒，享年六十一岁。《闽杂记》撰者施鸿保，字可斋，浙江钱塘人，道光四年（1824年）中秀才后，屡试不第，遂去江西、福建等地作幕，而在福建为时尤久，幕游所经几遍福建，同治十年（1871年）卒于福州旅寓，年七十余，有《春秋左传注疏五案》六十卷、《秉烛纪闻》十六卷、《读杜诗说》八卷及《可斋诗文集》等行世。

想起那棵叫 "抛" 的树

何 也

如果你发问卷问什么树是平和人的最爱，答案肯定是蜜柚；平和人倾注最大热情的，也肯定是蜜柚。蜜柚在平和人心目中占有绝对的分量。

现如今在平和漫山遍野的、其产品销往世界各地的琯溪蜜柚，在20世纪80年代初重新出道之前并不叫琯溪蜜柚，而叫平和抛，在清乾隆时期被列为贡品，有权享用的只有高高在上的几个人。所以它即使享有盛誉，在民间更多的也只是"听闻"而已，何况后来兵荒马乱的一段时间，平和抛濒临绝迹，寻常百姓根本就无缘消受。直到后来抢救开发琯溪蜜柚成了当地政府发展经济的主攻项目，虽然迟了点，却因它的特有品质让其身价扶摇直上，在消费者眼中迅速蹿红，由此名满天下。当地果农因大面积种植，发家致富者不计其数。已成为"琯溪蜜柚之乡"的平和县，经过几十年精心栽种，又培育出红肉、黄肉蜜柚，色相更为诱人，品质更为上乘。

说起来你也许不相信，这种曾经难得一见的水果，我在少儿时期就品尝过了。吃了就有了话题。充当"百科全书"的父亲说，这种水果的学名叫"抛"。因为果子既大又沉，孩子们管它叫"大柑"。这棵抛是村中为数不多的几棵果树之一，树龄应有几十年了，是名副其实的一棵大树。这棵抛长的位置有点特别。山涧的这边傍坡建房，那边临涧的场角栽着这棵抛。这棵抛三面据险，面对场地的一头距离主人家的后窗仅有几米，这棵抛一旦结果，窗户内便会整天守着一个老婆婆，不管谁靠近这棵抛，石头、板砖、木棍、柴刀，甚至是斧头都会随着她的怒吼声从窗口掷打过来。所以远远注视那棵抛的孩子们，从一结果就开始恨那个老婆婆，果子越大对老婆婆的恨就越深。但这种恨到每年中秋节那天就会化为乌有。

那家人一定会在每年的中秋节那天摘抛。中秋节那天，几乎每家每户都有人来到这棵树下等着分到一个抛，然后抱回家中品尝。吃抛的时候，我就会想起那个"穷凶极恶"的老婆婆。奇怪的是，中秋节那天，摘抛的是她的儿子，老婆婆竟躲在屋里没有露面。分到抛的人心情都很好。孩子们的心情也很好。

20 世纪 80 年代中期的某天，我吃到琯溪蜜柚，外形一样不说，一咂摸，其实就是小时候村中那棵抛的味道。许多人在标榜它此前差点绝迹、有多么稀罕的时候，其实我早就品尝过了。

一棵树的史籍身影

马 乔

平和抛

平和抛是一个流行于明清时期的名词。抛为柚，最早见于《西圃李公墓铭》。这个墓志铭是明朝嘉靖年间的琯溪（即今天的平和县小溪镇）贡生张凤苞为李如化撰作的。李如化，字可平，生于嘉靖七年（1528 年），系侯山李氏一世祖居士公的第十八代孙，人称西圃公。张凤苞与李如化是同乡又是好友。李如化死后，张凤苞为其撰写墓志铭。墓志铭中有这样的字眼："……公事农桑，平生喜园艺，犹喜种抛，枝软垂地，果大如斗，甜蜜可口，闻名遐迩……"凭借这一墓志铭，李如化被尊为"平和琯溪蜜柚之父"。

还有，明万历年间当过南京刑部主事、兵部郎中、工部屯田司员外郎的钱塘（今浙江杭州）人谢肇淛，在他所撰的博物学著作《五杂俎》中，也这样写过抛："其实在树，任风抛掷不落，故谓之抛。"这写的是抛与柚的关系。

柚言柚语

直接使"抛"与平和搭上关系并闻名遐迩的人是清代的施鸿保。他也是浙江钱塘人，与谢肇淛是地地道道的老乡。只是这两个人不可能"老乡见老乡，两眼泪汪汪"，因为他们生于不同朝代，相差两百多岁。谢肇淛生于明隆庆元年（1567年），病卒于天启四年（1624年）；而施鸿保约生于清嘉庆早年（约1800年），死于清同治十年（1871年）。施鸿保让"抛"大出名，缘于他写的一本书《闽杂记》。在这本以记录八闽风俗民情、风物特产、稗官野史为主要内容的书之卷十中，有《平和抛》一节。但听他这样形容出产于平和的抛："侠客也"，并评价其为闽中三大名果之一，即所谓的"闽果著称荔枝外，惟福橘、蜜罗柑。窃以为福橘之次，当推平和抛"。

抛即柚，平和抛即今天的平和琯溪蜜柚，出处与佐证，全在以上三说。

当然，也有质疑者。理由是清同治七年（1868年）起担任福建巡抚的王凯泰曾写过一首诗："西风已过洞庭波，麻豆庄上柚子多。往岁文宗若东渡，内园应不数平和。"在这首题为《台湾杂咏·麻豆文旦柚》的诗中，王巡抚并没有将柚子称为抛。王凯泰与施鸿保基本上可算是同一朝代的人（王凯泰同治七年担任福建巡抚，施鸿保死于同治十年），又都在福建谋职，熟知福建。对于同一种水果，不应该一人称柚另一人曰抛才是。由此推判：抛与柚有可能不属于同一种水果！

这样的质疑，其实谬也！这与没弄懂"抛"在古代的读音有关。"抛"在古时并不读"pāo"，而读为"yōu"。平和"pāo"即为平和"yōu"也！《闽杂记》卷十中还有另外一节名为《抛》，其中载："抛……本作柚音……"，把"抛"读作"柚"，在宋代陆佃所作的《埤雅》一书中也可以找到佐证。

《埤雅》说："柚本亦名条，条与抛音尤近也。"除此之外，还有人说，在古福州方言里，抛与柚发音近似。谢肇淛和施鸿保都长期在福建为官或为幕僚，由此推断这两个人都懂得福州话里抛与柚的关系，所以两人都把柚写成抛了。

清朝三帝与平和琯溪蜜柚

这里的清朝三帝分别指乾隆皇帝、道光皇帝、同治皇帝。这三位皇帝与平和琯溪蜜柚怎样扯上关系的，是许多今人不甚了解的。这里，笔者就来解解这个谜题。

先说乾隆皇帝。清高宗纯皇帝爱新觉罗·弘历，即历史上所称的乾隆皇帝，名排清代入关后第四任。乾隆皇帝活了89岁，是古代帝王中的长寿翘楚之一。与他有关的故事多如天上的星星，其中就有与平和琯溪蜜柚的传说。比如在平和琯溪蜜柚之父李如化的后人吴七章（吴的母亲是李如化的后裔）所撰的《琯溪蜜柚往事》一文中就有这样的内容："乾隆年间，丙辰科进士侯山（即今平和县小溪镇西林，也就是平和琯溪蜜柚的原产地）后人李国祚擢迁江西萍乡县令。有一年，他携带家乡名果琯溪蜜柚赴杭州访友，适逢乾隆皇帝下江南。一个偶然的机会，乾隆皇帝品尝了琯溪蜜柚，连称极品。龙心大悦，遂降旨侯山李氏岁进百粒蜜柚为贡。"这一段文字，传达了两条信息，一是乾隆皇帝与平和琯溪蜜柚是怎样发生关系的；二是平和琯溪蜜柚在清乾隆年间成了清廷贡品。其实，这段传说恐怕有诈，暂且按下不表。

再说咸丰皇帝。咸丰皇帝大号爱新觉罗·奕詝，庙号清文宗，是道光帝的第四子，咸丰是他当皇帝的年号。爱新觉罗·

奕詝是名"天寿人",只活了 31 岁。他生命虽短,却实实在在地与平和琯溪蜜柚发生了关系。这有一首诗可以做证。《台湾杂咏·麻豆文旦柚》:"西风已过洞庭波,麻豆庄上柚子多。往岁文宗若东渡,内园应不数平和。"这首诗文采不咋样,但大意是清楚的,即用平和琯溪蜜柚衬托台湾的麻豆文旦柚很好吃!好吃到什么程度?作者做了一个假设:当年的咸丰皇帝如有缘东渡台湾,吃了麻豆文旦柚,他一定不会选择平和产的琯溪蜜柚当贡品,而会用麻豆文旦柚替代平和琯溪蜜柚。但历史不能假设!

这首诗的作者是清同治年间担任福建巡抚的王凯泰。作为封疆大吏地方大员,王凯泰的诗传达出来的资讯可信度极高。有谁会比自己送什么贡品入朝更清楚的?!王凯泰的《台湾杂咏·麻豆文旦柚》透露的信息有三点:一为咸丰皇帝确实与平和琯溪蜜柚有缘;二为平和琯溪蜜柚确实是清廷贡品;三则否定了平和琯溪蜜柚在乾隆朝就成为贡品的传说。

三说同治皇帝。同治皇帝是咸丰皇帝的长子,名为爱新觉罗·载淳。1861 年登基时才 6 岁,是清入关后的第八位皇帝,年号"同治"。在位 13 年,却当了 12 年傀儡皇帝,只有 1 年亲政时间,其余都由东、西太后垂帘听政,一生只活了 19 岁,死后庙号清穆宗。从后人的记载中可知,这位短命皇帝对平和琯溪蜜柚始终钟爱有加,他为多吃到一些平和琯溪蜜柚,专门为平和抛颁刻了"西圃信记"的印章一枚及青龙旗一面,作为禁止平和琯溪蜜柚自由买卖的印信与诏令。贵为天子的同治皇帝为什么如此独馋平和抛?估计这位阳寿不长的皇帝患有便秘的毛病,因为吃了平和抛,大解就畅快多了。

同治皇帝为平和琯溪蜜柚赐印颁旗,在施鸿保所撰的《闽

杂记》中的《平和抛》一节中有载。在吴七章的《琯溪蜜柚往事》中，记载得更为详细："同治皇帝又赠'西圃信记'印章一枚及青龙旗一面，作为贡品标记和禁令。这是琯溪蜜柚作为贡品的印证！""贡品琯溪蜜柚为舅妈一家（前辈）种植，'西圃信记'及青龙旗为舅妈一家（前辈）所有，这在西林村家喻户晓。"吴文最后说："据我表侄说：当年清廷赐印两枚，其中一枚为'西圃信记'，玉质，印文呈葫芦状、朱文，在'文化大革命'期间成了'四旧'被抄而不知去向。另一枚为寿山石类，瘦长型，后人以为能治疮疾，将它磨了当药用了。至于青龙旗早就不知所踪。"然而，印章和青龙旗都没了固然令人遗憾，却并不要紧，因为史书已将这一切记下。同治皇帝与平和琯溪蜜柚有过非同一般的关系，已不容怀疑！

最后，请允许我将笔端拉回到本节的开头，即平和琯溪蜜柚与乾隆皇帝关系那一段，交代一下为什么说乾隆皇帝与平和琯溪蜜柚有缘的信息不实。《琯溪蜜柚往事》中的"令琯溪李氏进贡平和琯溪蜜柚"经不起推敲。皇帝游江南时，一名离岗千里去访友的县令敢去见皇上吗？即使他敢，一个区区县令能见到九五之尊吗？不敢见或见不着，哪有机会献上柚子？退一步讲，纵然见着了皇上也献上柚子了，皇帝敢随随便便吃吗？最关键的还在于其传说不见于古书中有记载，仅有今人吴七章写的《琯溪蜜柚往事》证明平和琯溪蜜柚在乾隆朝就"入贡"是不够的。所以，平和琯溪蜜柚正确的入贡时间，应在咸丰年间！

平和琯溪蜜柚的历史效应

马　乔

台湾麻豆柚

王凯泰的诗《台湾杂咏·麻豆文旦柚》写道："西风已过洞庭波，麻豆庄上柚子多。往岁文宗若东渡，内园应不数平和。"这首诗对平和琯溪蜜柚有一大贡献：直接证明平和琯溪蜜柚是清朝皇宫内苑的贡品。所谓的"往岁文宗若东渡，内园应不数平和"就是。但这首诗也闹了一个大笑话：不知台湾麻豆柚其祖宗正是平和琯溪蜜柚。

台湾麻豆柚根在今天的平和县琯溪岸边的溪园组（隶属于今天的平和县小溪镇西林行政村）。据溪园李姓人家的口传历史，清康熙四十年（1701年）深秋，有一位来自台湾台南郑杨庄名叫黄灉的人到平和县琯溪边上的溪园村的舅舅家做客。吃过舅舅家种的平和琯溪蜜柚，感觉味道美极了，在回台湾时便向舅舅要了六株柚苗回去种植。几年后，黄灉种的柚子结果了，人们品尝后都连赞好吃。到了道光三十年（1850年），一个叫郭药的台南麻豆街人也品尝到了黄灉从平和县引种的柚

柚香深处

子。郭药感到这种水果很有前途，便用两斗米交换了一些柚苗，拿回麻豆街去种植，最后发展成今天闻名遐迩的台湾麻豆柚。在日本占据台湾时期，麻豆柚也被当成日本天皇的贡品了。

如果说口传历史不足为信的话，以上事实也可从史书中找到旁证。如台湾的《诸罗县志》载："柚，有红、白二种，列子所谓树碧而冬青，实丹而味酸，台产皆然也。漳州文旦柚入贡。此外，佳种亦多有泛海而至者。"这里虽没直接点明"泛海而至者"为平和琯溪蜜柚。但在漳州，成为贡品的只有平和琯溪蜜柚一种。故陈梦林在《诸罗县志》中所载的"泛海而至者"不可能为其他品种，只能是平和琯溪蜜柚。这里的记载与黄灌引种平和琯溪蜜柚到台南的口传历史恰好相吻合。

历 史 效 应

以上的历史记载，对今日平和琯溪蜜柚的影响无论怎样评价，都不为过。从某种意义上讲，如果没有以上史料，就不会有平和琯溪蜜柚的再度崛起（在当代，平和琯溪蜜柚被人们重新提起时，只剩下三株了）！至少，平和琯溪蜜柚今天的辉煌推迟出现是必然的！读者如若不信，且听我一一道来。

先说西圃公墓铭，也就是李如化的墓志铭，它的贡献在于提供了一个断代依据，即有文字记载的平和人种植琯溪蜜柚起于何时。李如化是明嘉靖时人，明嘉靖距今已有 500 多年，那平和琯溪蜜柚的种植历史至少也有 500 多年了。植物学界有个不成文的规矩：越古老的植物大多越有价值。水果是植物，自然适用植物学定律。其实，对于已有 500 多年种植历史的水果，其品种不退化，品质依然良好稳定，这已不仅仅意味着它具有超强的生命力，更意味着它称得上是一种宝贝级水果资源。无疑，这样的分析，为改革开放之初当地党委、政府将平和琯溪蜜柚选定为平和农村支柱产业来培育埋下了伏笔。

再评《闽杂记》的影响。施鸿保的《闽杂记》为平和琯溪蜜柚树了碑立了传是一目了然的。许多人不了解的还有，在20世纪80年代初，平和县委和县政府确立以大种琯溪蜜柚求脱贫致富"县策"时，正是由《闽杂记》里的《平和抛》一节文章中发现"孺子可取"的。其时的县委书记孙竹、县长卢耀清从《闽杂记》里的《平和抛》得知平和人的祖先为后代留下了这么一株宝树后，那种发现"新大陆"一般的振奋是难以言喻的！还有一点，《平和抛》里的文字，成了今天平和人成功注册"平和琯溪蜜柚"地理标志证明商标的史料依据。如果没有《闽杂记》里的《平和抛》，也就不会有"平和琯溪蜜柚"证明商标，不会有今天饮誉全球的平和琯溪蜜柚品牌了！

三说清朝三帝对平和琯溪蜜柚的贡献。实事求是地讲，皇帝虽为九五之尊，但在带给平和琯溪蜜柚的声誉问题上，不及九品之外的施鸿保。三位皇帝加起来，充其量也就印证了这种水果在晚清时曾有过一波辉煌，其标志就是平和琯溪蜜柚成为贡品。

但即便是清时成为贡品，其辉煌也无法与今天同日而语。从上文中的《平和抛》到《琯溪蜜柚往事》可知，那时进贡的柚子不过每年一百粒。为什么这样少？还不是因为产量不多。由产量少不难联想到种植面积十分有限。而今天，截至2009年，平和县拥有的琯溪蜜柚种植面积就达到65万亩以上，年产量70万吨以上，当年出口13万吨，产值16亿以上，这还

不包括相关产业比如运销和深加工的产值，如果算上这些产值，再加 16 亿都不算多。2009 年，平和的农民人均从种蜜柚中得到的收益就超过 4700 元，这哪里是清时的平和琯溪蜜柚可比的呀！

人事多翻覆

张山梁

已是春分时节，树木苍翠，正是柚花盛开的季节。此时的平和，满山遍野的柚树，花瓣绽放，花蕊吐瑞，沁人的柚香飘溢在和邑大地的每一个角落，无不让人陶醉惬意。工作、生活在这柚都的我，自然享受其中。

尽管这几年柚果价格回落到较为合理的区间，不再有"暴利"可言，但人们对蜜柚的话题依然热度不减，更多的是蜜柚的品种、质量、价格……而现在的人们总是喜欢拽上一些新潮词汇，来标榜科技的先进、理念的前沿。这不，被视为智慧农业的"给柚子赋上一个质量溯源二维码"这一做法，就够前卫的。

所谓"质量溯源二维码"，就是一物一码技术与区块链技术的深度融合。从外观上看，质量溯源二维码是给每一款产品赋上一个二维码标签；从实质上来看，二维码标签可以完成对蜜柚从种植环境条件到人员管控，从清洗筛选到分拣包装，从销售到运输建立和完善溯源管理体系，打通农业生产、交易和流通等各个关键环节要素，实现全过程信息不可篡改，让消费者可以放心购买。

柚香深处

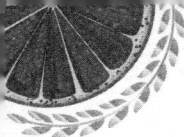

我想这或许就是人们常常挂在嘴上的"技术创新""数字农业""智慧农业"……是够高大上的，着实应该让人点赞。然而，我在清咸丰年间寓闽的浙江人施鸿保所撰《闽杂记》中，看到如是描述平和蜜柚："平和诸处，亦惟琯溪陈氏为最。每年备贡外，必于实初结时给价定数，以墨印识其上，方可多得。"也就是说，平和县在清代时期上贡朝廷的琯溪蜜柚，都是从当时琯溪陈氏（今天的小溪镇溪园一带陈氏人家）的果园中精选的。而琯溪陈氏每年除了上贡之外，尚有部分余果可以外销出售，供百姓品尝。谁人不想品尝这上贡皇家之珍果？物以稀为贵。于是乎，琯溪陈氏就想出一妙招：谁家想与皇家一样吃上这琯溪蜜柚，在柚果刚刚脱花结实之际的春天，就得预先交上定金，陈家在柚果之上涂以墨汁，以为印识之记号，才有可能在秋天买到那黄灿灿的佳果。如此一说，我想这"陈家墨汁印记"或许就是平和最早的"柚子二维码"吧，或者说，今天的"柚子二维码"是昨日"陈家墨汁印识"的升级版。二者的不同，只是形式由以前的简单到如今的繁杂，功能从昔日约定柚果数量到今天的追溯质量而已。

　　不得不佩服先人的智慧，在今天被视为"智慧农业"的技术创新，却与古代最为简单的"墨汁印识"做法如出一辙。传统的未必就是落后，现代的未尝就是先进。创新，一定是在已有的基础上的一种传承、一种突破，唯有这样，创新才有持续的生命力，才有"源头活水来"的赓续。否则，只是昙花一现的瞎折腾。

　　人事多翻覆，有如道上蓬。不单单这个，还有蜜柚品种之争，亦是如此。

　　明万历癸丑（1613年）《漳州府志》有曰："柚，《尔雅》

曰：柚条。《列子》曰：吴越之间有木焉，其名为樜，树碧而冬青，实丹而味酸。今吾漳小溪产者，味甚甘、微带酸，而有韵致。他处不能及也。其白者为劣。"有比较才有优劣之分。也就是说，早在明万历年间，平和小溪所产的蜜柚就已经不是单一的白肉蜜柚，尚有其他颜色。由此可以推断，与白肉蜜柚相对应的应该是红肉蜜柚。而清康熙己亥（1719 年）《平和县志》更是直截了当地记述："柚，有红白二种，出小溪者佳。"再直接不过了，"红肉蜜柚"品种早已有之，只是今人给弄丢了而已。所谓的培育新品种，也仅仅是捡回先人的好品种而已，根本谈不上技术研发、科技创新。当我们清楚地明白，平和蜜柚的品种早在 400 多年前，就以品质让"他人不能及"而载入史册，以"有红白二种"之分而让人们有不一样的选择，也就进一步了解到源远的蜜柚栽培史与厚重的蜜柚文化底蕴，增强了我们对发展这一地方传统名果的信心。

学史明理，鉴往知来。每当我们在发展的道路上疾步前行时，总是会遇到这样那样的坎坎坷坷，这时最为重要的是，回看曾经走过的路，才不会迷失方向，才能行稳致远。无论是明万历的《漳州府志》，还是清康熙的《平和县志》，抑或是清咸丰的《闽杂记》，但凡有记载"柚"之条目者，都离不开"小溪（琯溪）"这一个地名。小溪，地处九龙江西溪上游的花山溪畔，属亚热带季风气候，年平均气温 23.5 摄氏度，无霜期达 350 天，常年四季如春，气候宜人，土地肥沃，雨量充沛，年降雨 1500～1700 毫米。正是这样独特的地理、气候条件，让其地所产的琯溪蜜柚，呈现出"味甚甘、微带酸，而有韵致"的绝胜韵味，被选为贡品。正是这"他处不能及"的单一性、排他性，才使得人们争相购买，使之成为平和经济的支

柱产业，百姓致富发家的"黄金果"。

可惜的是，许多人看不到琯溪蜜柚这一"他处不能及"之排他性的品质特征，不顾地理、气候等立地环境条件，盲目推广、引种、栽培，面积、产能急剧扩张，难免产生"南橘北枳"的现象，导致市场上鱼龙混杂，消费者很难辨认哪个是产自"小溪（琯溪）"这一地方的正宗蜜柚。这或许是近年来琯溪蜜柚有所回落的原因吧。所幸，当地执政者未雨绸缪，早在多年前就将平和琯溪蜜柚申请注册"地理标志商标"，成为地理标志保护产品。同时也加大宣传、执法力度，于是乎，借用"陈家墨汁印识"的举措，就"给柚子赋上一个质量溯源二维码"。我们更应该向古人学习的是，守住"他处不能及"这一品质底线，不再盲目追求面积的扩张、产量的增加，以优取胜、以特赢市，从而立于不败之地，续写琯溪蜜柚的辉煌。

平和琯溪蜜柚这一地方传统名果，正是在这数百年间不断"人事多翻覆"，反反复复地传承、发展……才孕育出了曾经的"贡品"，今天寻常百姓家的"黄金果"，才催生了今天平和涉柚产业的超百亿产值。

平和蜜柚的文化味道

黄荣才

平和琯溪蜜柚的味道让许多人回味再三，其实，除了那份甘甜微酸，那种饱满多汁，平和蜜柚还有一种味道，那就是文化味道。探寻蜜柚的身影，目前留下最早的一段话应该是明朝嘉靖年间平和籍贡生张凤苞留下的："……公事农桑，平生喜园艺，尤喜种抛，枝软垂地，果大如斗，甜蜜可口，闻名遐迩……"这是张凤苞为老乡也是好友李如化写的《西圃李公墓铭》中的几句。抛，即蜜柚。李如化，人称西圃公，是平和琯溪蜜柚发展史上的一个重要人物。出生于明嘉靖七年（1528年）的西圃公在一场大雨引发的山洪冲毁果园之后，伤感地行走在满目疮痍的果园，黯然神伤的他看到唯独剩下一株柚树，便马上把树扶起来用土培好。秋天的时候，这树上只剩下的几个果实，果大如斗果皮金黄，西圃公剥开试吃，发现里面没子，果实金黄，果肉透亮如玉，吃起来像蜜一样甜，所以叫蜜柚。后来，西圃公发现树枝培土的地方长出新根，来不及感慨，他把蜜柚分植培育。因为旁边的那条名叫琯溪的溪流，琯溪蜜柚也就成为名果的名字流传下来。

也许西圃公的行为源于对种植果树的热爱或者对自家果树

敝帚自珍式的爱怜，并没有赋予多少神圣的意义，但就是他的这一"举手之劳"，挽救了这种水果，如果不是那场大雨之后侯山第八世祖西圃公的偶然发现，也许这谓之侠客的名果便消失在历史的深处，宛如行走江湖的侠客哪天从江湖消失，不知其踪迹，只留下一声叹息。但命运时常在绝境拐弯，才有"柳暗花明又一村"的千年感慨。但也因为张凤苞，让人知晓了这个转折，也让后人从书卷的字里行间看到当年西圃公在那次风雨之后的千古功德。历史总是有许多东西被掩盖，能够被记载的微乎其微，许多身影因为文字而留存，文字，有时候就是如此奇妙。正因为这段文字，也让人知道蜜柚原来就存在，西圃公的善举是蜜柚即将消亡时刻的再次兴起，是一个逗号，逗号之前还有来路，蜜柚的历史不是从西圃公的时代才开始。

　　到了清代，当时的学者施鸿保《闽杂记》一书有诸多记载。施鸿保这些记载，信息量极大，可以解读出众多内容，蜜柚的形状、大小、味道，甚至贡品、销售，以及有别于其他水果的地方，都可以从他的文字中寻找到踪迹。可以说，正因为施鸿保，平和琯溪蜜柚才横空出世，浓墨重彩。"闽果著称荔枝外，惟福橘、蜜罗柑。窃以为福橘之次，当推平和抛。他处出者，瓤中肉两层，上下直生相衔；独平和出者，横直杂嵌，不分层数，香味皆可敌荔枝，第色逊耳……"施鸿保把亚军的荣誉给了"平和抛"，也就是平和蜜柚，同时陈列出重要理由："其形如回人所戴帽，故俗名回回帽，大有斗许者。平和诸处，亦惟琯溪陈氏为最。"一句话，把蜜柚的形状写得清清楚楚，还点出最好的是琯溪陈氏。"每年备贡外，必于实初结时给价定数，以墨印识其上，方可多得。"每年除了贡品之外，必须在刚刚结果时就定下价格、数量，还要在蜜柚果上留下墨印，才能多得。当时蜜柚的畅销和物以稀为贵可见一斑。"予尝效周栎园先生品闽中海错，亦品闽中诸果，荔枝为美人，福橘为名士，若平和抛则侠客也。"施鸿保品尝福建的各种水果之后，定义平和抛为侠客，颇给人浩然正气的感觉。他认为："香味绝胜而形容粗莽，犹之沙叱利。古押牙，嵚崎苈落，不以体段悦人者。"平和蜜柚是以味道取胜，至于果实的形状并不重要，重品质轻外贸。至于"《漳州志》不载抛，惟载柑类，有朱柑、乳柑、光柑、白柑、葫芦柑而已，不可解也"，字里行间，留下的不仅仅是他的疑惑，还有为平和蜜柚抱不平的意思。当然，平和蜜柚也在《平和县志》上留下了身影，清朝康熙五十八年（1719年）版的《平和县志》有一句话："柚，有红白二种，出小溪者佳。"一句话，平和蜜柚有了官方记载。

至于为什么平和蜜柚有平和抛的说法，施鸿保依然为我们解惑了。"抛字，字典不载，疑即柚也。古尤萧韵多同，如修或作条，愁或作骚之类。书传及前人诗文可证者甚多。盖本作柚音，讹为抛耳。《尔雅·释木》柚条注：'似橙而酢。'《埤雅》云：'秦风有条者是也。'则柚木亦名条，条与抛音尤近也。谢肇淛《五杂俎》言其实在树，任风抛掷不落，故谓之抛，乃是臆说。闽中上诸府有仍名柚者，或谓别一种亦非，上府读柚，去声。"这段话，是施鸿保的解读，透露出平和抛中的"抛"很可能是"柚"字的以讹传讹，这是从另外一个角度的解读。施鸿保，字可斋，浙江钱塘人，道光四年（1824年）中秀才后，先后14年应乡举，皆落第，就在江西、福建等地给人当幕僚，其中在福建停留的时间特别长，足迹几乎遍及福建各地。平和蜜柚能够给施鸿保留下如此印象，位列闽中三大名果之一，那肯定有其特殊的韵味。许多年以后，我们应

该感谢施鸿保！

清代曾任福建巡抚的王凯泰写的《台湾杂咏·麻豆文旦柚》诗"西风已过洞庭波，麻豆庄上柚子多。往岁文宗若东渡，内园应不数平和"已经有了更为复杂的况味。清代咸丰皇帝嗜爱平和蜜柚，认为这是天下最佳的柚子，姑且不论平和蜜柚和台湾文旦柚之间的渊源，对文旦柚的味道王凯泰多少有了世事沧桑的感慨，他认为如果咸丰皇帝先吃了麻豆文旦柚，可能推崇的就不是平和蜜柚了，这从另外一个角度印证了平和蜜柚的辉煌，王凯泰纵笔疾书，记录那瞬间的情感曲折，平和蜜柚味道独特。

蜜柚的文化味道是一个延续的过程。在出生于平和的世界文化大师林语堂的笔下，平和乃至漳州的水果、鲜花被提及不少，如"由水仙的芳香，想到家乡的萝卜糕"，兰花、含笑花、茶花、荔枝、龙眼等，家乡的气息总是在不经意之间让林语堂心生感慨和眷念。在林语堂的笔下，对作为当今平和最大经济支柱的琯溪蜜柚却提及不多，目前发现提及的仅两处。

"童年的小溪和鼓浪屿之行，我永生难忘……船只蜿蜒穿过起伏的秀丽山水，和华北光秃秃的景象大不相同，充满绿树、果园、田夫、耕牛，到处是荔枝、龙眼和柚子树。浓郁的大榕树处为人遮阴，冬天橘子花开了，满山红艳。"另外一处是他在《赖柏英》这本书中写到甘才时提及的："甘才上身光光的，一件灰外衣挂在肩膀上。他棕色的肌肉灵活健康，黑黑的皮肤有一层闪亮的光泽，简直像一个成熟的柚子，每一个毛孔都光润清爽。"林语堂众多文章里面只两处提到柚子，尽管着墨不多，但毕竟证明在当年，柚子已经给林语堂留下了某种印象。

琯溪蜜柚当年没有今天的殊荣，何况林语堂生活的年代，正是琯溪蜜柚遭遇豪绅掠夺、官府抢占的沉沦岁月。柚子树尽管还在西溪两岸的山野出现，但动荡岁月，家有名果却不是幸福的事情，普通老百姓要尝到名果的滋味并不容易。那么，作为乡村牧师林至诚的儿子，林语堂要吃到蜜柚也不是容易的，也就难怪这样的名果他居然着墨不多。

但无论如何，柚子树的蓬勃生长已作为西溪两岸连绵不绝的山景进入林语堂的记忆，成熟柚子的外形也铭记在心，所以他的笔端流畅行走的时候，自然会想起家乡的柚子，自然会把某种意象和脑海中的记忆对接，把童年的记忆密码解读成新的意韵。"我父亲写到柚子，可是我在美国没有吃到好吃的柚子，今天可以吃到平和的柚子了。""平和的蜜柚，甜，好吃。""我以前还没吃过红肉的蜜柚呢。"这是 2011 年秋天，林语堂最小的女儿林相如从美国回来，在林语堂故居院子里的树下吃到平和蜜柚发出的感慨。

著名评论家、诺贝尔文学奖获得者莫言的导师何镇邦对平和蜜柚印象深刻，在他的笔下，平和蜜柚身影留存："我的故乡云霄紧邻平和，童年时代是品尝过平和的琯溪蜜柚的，并留有深刻的印象。可以说，平和蜜柚与长泰芦柑，是我童年最爱……值得一提的是，平和蜜柚汁多味甜，润肺止咳，更是糖尿病患者最为适合食用的水果，因此，我特别感念平和蜜柚多年来的恩泽。"著名作家汪曾祺在吃了蜜柚之后，简单的一句"蜜柚甜而多汁，如其名"传递了蜜柚的味道。还有著名作家肖克凡、关仁山、张楚、何况、萧春雷、高和等，他们的笔墨触及平和蜜柚，让平和蜜柚有了文化的味道，散发文化的芳香。蜜柚，也就在文字的间隙里跳跃自己的身影。

两柚一条根，两岸情缘深

张万土

柚在闽南又称"文旦"，传说"文旦"原是福建某女伶的艺名，据说是她把优种柚由岭南引种入闽，故以其艺名为柚名。"平和琯溪蜜柚"古称"平和抛""平和文旦柚"，出自平和琯溪河畔，由明嘉靖年间琯溪河畔的西圃公李如化（李如化，字可平，生于嘉靖七年，即 1528 年，系侯山李氏八世祖，是目前见诸文字的最早的蜜柚种植者）培育而成，至今已有 500 多年的种植历史。传说，明嘉靖庚戌年（嘉靖二十九年，1550 年）初夏的一天下午，狂风大作，山洪暴发，旗仔山、溪头大水冲毁彭林堤岸，果树俱被浸泡。水退后，琯溪河畔的西圃地果园中仅存一株柚树，靠近地面枝条的树皮被刮破，所幸柚树尚结一果。痛惜之余，西圃公连忙运土填培、料理。经精心抚育数月后，柚树恢复生机，枝叶繁茂。至深秋，仅存的柚果大如斗，皮色橙黄鲜艳，芳香浓郁，摘下掰开，瓤瓣、瓤肉横生无籽，晶莹透亮如玉，甜如蜜，众先辈始称之为蜜柚。后来，西圃公在培土时发现被洪水泥土掩填的枝条破损处长出许多新根，喜出望外，将其锯下另行栽培，这就是最早的移植。琯溪蜜柚从此以这种分株移植的方法发展起来。明贡生张凤苞所撰《西圃李公墓铭》云：".....公事农桑，平生喜园艺，尤喜种抛，枝软垂地，果大如斗，甜蜜可口，闻名遐迩......"抛，即蜜柚。清乾隆年间，丙辰科进士侯山后人李国祚擢迁江西萍乡县令。有一年，他携带家乡名果琯溪蜜柚赴杭州访友，适逢乾隆皇帝下江南。一个偶然的机会，乾隆皇帝品尝了琯溪蜜柚，连称极品，龙心大悦，遂降旨侯山李氏进百粒蜜柚为贡。之后，同治皇帝又赠"西圃信记"印章一枚及青龙旗一面，作为贡品标记和禁令。这是琯溪蜜柚作为贡品的印证，平和被列为皇家内苑，岁贡蜜柚百个。

那么，"平和琯溪蜜柚"又是如何进入台湾变成"麻豆文旦柚"的呢？这也有一段传奇色彩的史话：据台文献记载，清代雍正初年，台南郑杨庄庄民黄权从福建漳州府平和引进"平和抛"，俗称"文旦柚"，最初仅作为田园点缀，道光三十年（1850年），麻豆街居民郭药用两斗米换了六棵柚苗，携回麻豆庄郭氏祖厝"买郎宅"庭园栽种。若干年后，开花结果，令人喜爱，剥皮食之，味美非常，于是乡邻族亲纷纷引种栽植，几乎家家栽种。数十年后，闽广总督曾以麻豆生产的文旦献贡于清朝皇帝，麻豆文旦柚竟也香飘清廷，从此被指定为"御用文旦"；日寇侵台后，日本殖民者指定郭氏"买郎宅"庭园所产者为"御用文旦"，施肥、灭虫等事务皆派专家负责，开花时派专人登记蕊数，郭宅亦成为"禁园"，所产全部运往日本进贡天皇。

清代曾任福建巡抚的王凯泰在《台湾杂咏·麻豆文旦柚》诗中写道："西风已过洞庭波，麻豆庄上柚子多。往岁文宗若东渡，内园应不数平和。"这里的"麻豆"即今台湾台南县安定乡麻庄，诗中"文宗"指的是清代咸丰皇帝，"平和"指盛

产文旦柚的福建省平和县。时为福建巡抚的王凯泰写这首诗，原意在褒扬台湾的麻豆柚，所谓"往岁文宗若东渡，内园应不数平和"正是这个意思。殊不知，王巡抚拿平和琯溪蜜柚衬托麻豆柚，无意中却为后人留下平和抛确实是朝廷贡品的证据。"内园……数平和"再明白不过地证明了平和抛的辉煌历史，也明确地说明"台湾麻豆文旦柚"根系"平和琯溪蜜柚"，两柚一条根，两岸情缘深。

因为都喜欢种柚，或者说都有蜜柚的原因，海峡两岸留下许多相同的习俗。自古以来，海峡两岸居民不但把蜜柚视为保健果品，而且把它当成思乡念祖的地方风物。每年入秋以后，正是柚子大量登市之时，漫步海峡两岸大街小巷，随处可见一个个柚子被码成一堆堆小山似的，芳香四溢。每年中秋节，在闽南、台湾，几乎家家户户都要买来柚子和月饼，摆放一起供奉"月娘妈"（月亮）。特别是重阳节这天，两岸民间都有进补食俗，人们吃了用人参或"十全大补"之类补药炖煮的鱼肉过后，想解油腻又怕冲淡了营养成分，一般不泡饮工夫茶，最理想的选择便是买来柚子解腻助消化。民间加工的"柚皮糖"更是风味独特，吃起来酥脆香甜，十分爽口。

更值得一提的是，两岸都流传着吃"柚子宴"的习俗。每逢秋冬季节，旅外游子回故里寻根谒祖、旅游观光时，柚乡的亲友有的会举办这种独领风骚的"柚子宴"，庆贺游子归来，阖家团圆，故亦取谐音谓之"游子宴"。柚子宴独特而有奇趣，宴席上点的是"柚灯"，摆的是"柚碗"，喝的是"柚茶"，吃的是"柚肉"，尝的是"柚皮糖"等蜜饯。

"柚灯"的制作，先是选用个体匀正的柚子，用小刀将柚子切顶，然后掏空果瓤，换入灯油、灯芯，供奉于祖先牌位的案前，以"柚灯"代替"长明灯"。柚灯点亮到一定时间，烧到柚皮部位会发出"噼噼啪啪"响声，意为亲人在外发迹（"柚子噼啪"，谐音"游子根发"），给宴会增添了乐趣。

　　柚子羹看上去制作奇特，其实做起来不难。选用的柚子尤为脆嫩爽口，那是主人半个月前采摘的柚子，放于阴凉通风处"吸水"后，果瓤水分减少，糖分与芳香度却增加，愈加甜美诱人。各个地方的柚子羹（谐音"游子根"，也是取讨口彩的好意）制作不尽相同，有的是将果肉入羹，有的是将果肉捣成果酱才入羹，各具风味，妙不可言。

　　柚子菜肴制作也很独特，先让柚皮出水，即刮去柚子皮的表面绿色层，泡水，再把水分榨干后放入锅中水煮，直到柚皮没有苦涩味道。然后把出水后的柚皮与排骨等食物混在一起，柚皮吸收大量肉汁后浓香味美，开胃健脾。其中，"虾子柚皮"尤为有名，将出过水的柚皮用上汤（材料有虾米、排骨、鸡等）煲稔，再把虾子混合上汤淋在柚皮上，就成了一道风味独特的柚子佳肴。在柚子宴上，还有用柚肉制成的柚饼、柚子膏、柚子饮料；有用柚皮浸出苦水后加工制成清甜甘香的柚子糖、柚子蜜饯；有的还烹调成"柚子素菜"，风味独特。

　　柚子宴上吃的柚子也是精挑细选的，特别清爽可口，又有观赏价值，一个个滚圆滑溜，犹如大皮球，煞是可爱。柚子宴上通常还摆有柚皮糕、柚皮饼、柚皮条等食品，这些是柚皮刮掉表皮后留下皮层，配上蜂蜜、砂糖、糯米粉等配料精制的。有的甚至戴上"柚皮帽"，原来当地人剥柚子的皮有一定规矩和技巧，首先得切掉柚子果头的一层皮，然后用手指慢慢剥开黏附在柚肉上的柚皮，取出果肉后，那偌大的黄绿色的柚子皮就成了"柚帽"，小孩子将它戴在头上满头果香，既舒服又有

趣。在台湾民间，为增节庆气氛，常举办剥柚子比赛、吃柚子比赛等活动。柚子宴源远流长，起源于约 100 年前的漳州一带。它不仅受到当地和附近人民的喜爱，外地客人也赞叹不已。

吃完柚子宴，还得品尝清香诱人的"柚茶"。台湾、闽南民间还习惯泡饮一种独特的"午时茶"（也叫"柚茶"），上年秋季，选用闽台特产的"文旦柚"在顶端剖开个盖，然后挤压进乌龙茶，再缝制好挂在屋檐下任其自然风干，等到隔年再取出泡饮。想挑选好吃的柚子，也要有相关的经验，比较沉重、果形匀称、表皮毛孔细且光滑的柚子是上品。刚采下来的柚子，口味还不是最好的，在室内放置 10 天左右，让水分蒸散（俗称释水），可以提高柚子的甜度。"柚茶"的制作，据说是要在前一年吃柚子时，从柚蒂部位挖个小洞取出果瓣，再晒干柚皮，装入茶叶密封好，到第二年才取出冲泡。这种柚茶的茶色清澈，味道奇特，既有茶叶原香味，又有柚子的清馨，细细品味，令人陶醉。

柚香时节，柚子味美，游子心诚，尝柚、赏柚、玩柚……人们可在这柚子当中体味到饮食文化的多样性与千变万化，给精神、物质带来双重享受的同时，感受时代的强音与亲人的亲情。

蜜柚母树的燎原之势

江惠春

万物有源，20 世纪 80 年代初，平和县仅余的一棵蜜柚母树就种在小溪镇新桥村大坑蜜柚场。这既是一种机缘，也是一种幸运。

盛夏骄阳似火，在时任小溪镇新桥村村主任张思源的带领下，我们来到大坑蜜柚示范场。张思源说："现在全县只剩下这棵母树，为了保证这一棵树的安全生长，我们有专人值班看守，彻底将母树保护起来，让其发挥更大的价值。"张思源说着，就领着我们来到蜜柚母树种植基地。大坑蜜柚示范场是一片开阔的向阳之地，种植在示范场上的蜜柚母树枝干粗大，树的主干上留下数十圈环割切口，这是蜜柚母树为人们做出贡献的见证。树的旁边设置了一圈铁栅栏加以保护，边上立着一块石碑，碑上刻有"琯溪蜜柚母树"几个大字。在阳光的照耀下，母树显得格外鲜绿。新桥村的村民们还对母树周边的土坡进行加固，防止水土流失，进一步拓展其生长空间。母树长得枝繁叶茂，边上的植被，星星点点地或者是成片地分布在山路边。整个大坑示范场，天蓝、树绿、果香，弥漫着悠然的田园气息。

此刻正值柚树结果时期，饱满的果实挂满枝头，呈现出一片丰收景象。一阵爽飒的风儿吹过，扑鼻的果香味随风而来。闽南有句老话叫"吃果子，拜树头"，张思源介绍，大坑蜜柚场的蜜柚母树，在其发展史上，曾经几度沉浮。20世纪六七十年代，全县仅有4棵母树，其中3棵母树被毁，目前存留的这棵母树是1962年5月小溪镇新桥村大坑蜜柚场从联光村溪园组引种而来的。拥有500多年种植历史的琯溪蜜柚仅剩下大坑蜜柚场里的这一棵独苗。如今，此母树已长成高约7米，树冠直径约12米的一棵大树。早在1982年10月，产量即达1560斤。一棵树生产出来的柚果在当时能装满一辆拖拉机。1984年，新桥村大坑蜜柚示范场被授予"平和县琯溪蜜柚示范场"，是20世纪80年代省级"星火计划"重点项目、琯溪蜜柚"母树"基地及发源地。

　　也正是从20世纪80年代开始，琯溪蜜柚种植规模不断扩大，全国各地不少客商来平和购买蜜柚种苗，不少人就看上了这棵蜜柚母树，打起了它的主意。1989年底，一位广东的客人开价18万想买下这棵蜜柚树。当时的18万等同于10栋房子的价值，尽管价格很有诱惑力，可是生活清贫的村民们却不为所动。

　　俗话说得好：留得青山在，不怕没柴烧。"祖辈留下来的东西，我们一定会保护好，传承给下一代，一定要守护好这棵蜜柚母树及这块宝地，绿水青山就是金山银山。"张思源如是说。"一枝独秀不是春，百花齐放春满园"，如今在新桥村乃至整个平和县，蜜柚种植已由星星之火，呈现燎原之势。勤劳朴实的人们从母树上采集优质的苗穗，选择适宜栽种的园地进行种植，有柚子的地方，就有人们辛勤劳作的身影。经过30多年的嫁接繁衍，蜜柚数量呈几何级增长。那一棵棵柚树，是未来的期冀，期冀着自然给予辛苦劳作的人们丰厚的回报。自20世纪80年代以来，琯溪蜜柚这个昔日养在深闺中，只供皇家专享的贡品，开始浴火重生，承担起了富民兴县的重任。扎根在此，几十年来不断嫁接繁殖后代的母树，催生了全县超百亿元的蜜柚大产业，铸就了平和享有"世界柚乡、中国柚都"之盛名，并接连获得了"中国柚王""中华名果""中国驰名商标""中国名牌农产品""中国地理标志认证""中国欧盟'10＋10'地理标志国际互认产品"等一系列荣誉；赢得了现存树龄最长的"母树王"之美誉。蜜柚母树光彩重现，柚果丰收带来共同富裕，平和人民的日子越过越红火，人们亲切地称它为"黄金果""致富果"。

时至今日，蜜柚母树不再承担繁育种苗重任，村民们也一样把母树当作宝树精心地呵护，母树的生命依然旺盛，长势良好。一棵母树，一种坚守。穿过时光隧道，蜜柚母树承载着历史脉络与文化渊源，见证着蜜柚产业发展的开源与繁盛。

一棵黄金果，富了八方人。这棵蜜柚母树的燎原之势还在延续中……

走进蜜柚名人园

石映芳

又到柚花飘香的时节，好友芬驱车带我去厝丘村名人蜜柚园踏青。

乡间小路虽七弯八拐，但由水泥铺就，十分平坦，加上友人芬从小就生长在这里，对地形非常熟悉，倒也轻车熟路，一路飞奔。路的两边是一片片平整的农田，农田里全部种满了蜜柚，一眼望去，一碧万顷。田间地头随处可见劳作的村民，施肥、喷虫、除草、疏花……人勤地不懒，在人们的精心管理与培育下，这里的蜜柚长势特别喜人，枝繁叶茂。透过车窗，就这样看着一波又一波的柚海绿浪连绵不断地扑面涌来，又飞快地翻滚而去。清一色的柚树，清一色的绿，目之所及，铺天盖地，中国柚都的气派着实可见一斑。

很快我们就来到了一座小山头脚下，只见路旁立了个牌子，写着：锦溪琯溪蜜柚科技示范园。据芬介绍，锦溪琯溪蜜柚科技示范园有 7 万亩连片蜜柚果林，蜜柚观光园总占地面积达 1500 亩，总种植蜜柚约 1800 吨。这里水质、土壤良好，空气清新，很适宜栽培蜜柚。这里出产的琯溪蜜柚，皮薄多汁，酸甜可口，优良品质闻名中外。园区内有名人种植园、自助采摘园、情侣林等景点，是集自然风光、天然氧吧、种植科技、自助采摘为一体的山野旅游景区。

　　车子顺着山间水泥路蜿蜒而上，很快我们就来到名人种植园。园中的蜜柚种在小山头上，由于得到了精心照料，枝干格外粗壮，枝叶特别茂盛。肥力充沛的叶子呈墨绿色，还泛着油亮亮的光泽。一簇簇洁白饱满的柚花散发出了缕缕清香。

　　去年，第十六届平和蜜柚节开幕式就在名人蜜柚园举行。现场采用线下搭台、线上直播方式，效法古礼举行蜜柚开采仪式，并联合电商平台，全程进行线上直播，举行蜜柚品质奖颁奖仪式。科技越来越发达，销售渠道越来越多样化，蜜柚产业前景一片光明，琯溪蜜柚成了平和人民的发财致富树，从山脚下方圆几里的厝丘村那一座座漂亮的农家别墅便可知晓。这些柚农家的别墅院落在 20 世纪 90 年代是何等气派，即使在今天也还是非常抢眼。好友芬的娘家就是厝丘村有名的种柚子大户，她的几个哥哥都在漳州、厦门城市中心买了房子。她打趣说："现在漳州、厦门黄金地段的小区大部分业主都是平和人，城里甚至流传着这样的笑谈，说房价都是因为平和柚农大量购买，给买涨价了。"

　　我和芬有说有笑，登上了观景台的回廊举目四望。不远的前方是锦溪集团有限公司的小洋楼，落日余晖下，几扇巨大的落地窗玻璃闪着柔和的光，让人不由得想起了那曾经的辉煌岁月。

　　远眺四周，一座座连绵起伏的小山，每座山头都种满了柚树。但这单一的树种、单一的颜色却没有令人产生审美疲劳，甚至感到特别养眼。微风徐来，柚花的清香在空气里氤氲，这铺天盖地、酣畅淋漓的绿在蓝天白云下涌动，让人心旷神怡、流连忘返，再回想起这片绿的策划者、创造者、生产者，不由得心生敬意……

柚香深处

平和蜜柚文化展示馆

游惠艺

一项产业的做大做强，离不开睿智眼光的指引、正确决策的实施。位于平和县山格镇山旧线红绿灯旁 743 平方米的平和蜜柚文化展示馆向人们展示了平和蜜柚不平凡的发展历程。

此前我们走过多少的弯路。物以稀为贵，平和蜜柚在清朝就已经被列为朝廷贡品。然而经过了几百年，人们并没有意识到它的经济价值之所在。20 世纪 80 年代，改革开放后的平和也曾探索过许多产业，然而大都以失败而告终，平和摆脱不了贫困县的帽子，平和人在外被人称为"平和仔"，那是瞧不起、看不惯的意思。平和人民政府、平和人民都在苦苦探索发展之路，此时，具有地方特色的琯溪蜜柚让人们看到了发展的微光。

1983 年，平和县委、县政府从《闽杂记》里发掘出祖先保存下来的这些宝树，把种植琯溪蜜柚列为脱贫致富、富民强县的一号工程。1986 年，平和县委、县政府向全县发出"县办万亩、乡办千亩、村办百亩果场，户种百株柚"的号召，同时制定出台系列优惠政策，鼓励干部职工带头上山种柚子。20 世纪 90 年代前后的平和，县政府领导干部个个以身示范，周六周日挽起袖子，请来挖掘机师傅，在轰隆隆的机器声中开发山地、田地种柚子，同时把蜜柚苗免费送往各个乡镇，农民们争先效仿，唯恐落后，全县上下掀起了种柚子的高潮，荒坡山化为花果山，蜜柚树变为摇钱树。1996 年，平和琯溪蜜柚第一次在中央电视台黄金时段播广告，平和人骄傲地看到自己辛勤创造的劳动成果为全国人民所周知。

　　1996 年，整个平和进一步掀起了种植蜜柚的高潮。如何种植蜜柚，成了整个平和人民天天茶余饭后研究的课题，平和政府组织编写《琯溪蜜柚栽培》《红肉蜜柚栽培》《琯溪蜜柚新品种栽培》《琯溪蜜柚栽培管理国家标准》《琯溪蜜柚栽培技术规范》等书籍引导百姓科学种植蜜柚，并请专家亲自上门指导并在平和电视台宣传推广。当前，平和全县蜜柚种植面积 70 万亩，产量超 130 万吨，直接产值 50 亿元，涉柚产值超百亿元，年出口 15 万吨以上，创下全国县级柚类品牌、种植面积、产量、产值、市场份额、出口量六个全国第一。平和，被誉为"世界柚乡·中国柚都"。

　　蜜柚的营养价值与美味一再被认可。琯溪蜜柚因其可以存放三个月以上而被称为"天然水果罐头"。我国近代园艺事业主要奠基人之一、浙江农业大学一级教授吴耕民先生评价平和琯溪蜜柚："果大皮薄，瓤肉无籽，色洁如玉，多汁柔软，不留残渣，清甜微酸，味极隽永，香味绝胜……乃柚中之冠。"平和琯溪蜜柚有明显的食疗作用。中医养生专家认为，平和琯溪蜜柚有降压舒心、祛痰润肺、消食醒酒、降火利尿等功效。柚子含有的生物活性物质皮甙，可降低血液黏稠度，减少血栓形成风险；柚子果肉含有类胰岛素成分，有助于降低血糖，因而柚子是糖尿病患者的理想果品。美国芝加哥大学药物中心研

究人员研究后得出结论：琯溪蜜柚的汁水能提高抗排斥药物西罗莫司的药效，提高此药对多种癌症的治疗效果。平和琯溪蜜柚在饮食养生中的重要作用，对心血管、糖尿病等疾病的医疗保健作用，被许多专家学者一致认同。

各种各样的荣誉像雪花片一样朝平和琯溪蜜柚纷沓而来！获得"中国驰名商标"、国家绿色食品和原产地地理标志认证、"中国名牌农产品"、中华名果 、100 个消费者最喜爱的"2011 中国农产品区域公用品牌""2019 金柠果好地标 Top 榜年度十大推荐品牌"称号等 50 多项荣誉，地理标志证明商标分别在 17 个国家和地区进行商标国际注册，被推荐为与欧盟交换保护的十大地理标志产品之一。蜜柚的芬芳让平和人民欢喜得透不过气来，平和人民把蜜柚视为"黄金果"，各家攀比的是哪家种的蜜柚多，平和人民像掉进幸福窝里一般脸上带着笑容，平和的县城、农村崭新的房子如雨后春笋一般涌出，到漳州、厦门买房的人比比皆是，城里人们一个个开玩笑说："漳州、厦门的房产都是你们平和人炒热的！"再也没有人轻视地称"平和仔"，而改为羡慕的眼光。

平和，以一个蜜柚吸引了世界的目光。从 2005 年起，每年一届的蜜柚节更是穷尽平和人民之脑力，平和人民以各种各样的方式庆祝这个佳节，同时也让全国人民分享他们的快乐，并通过网络、新闻等各种方式让中国了解平和，让世界了解平和蜜柚。

平和，以一个黄金果赢得了整个中国的青睐。各个省份纷纷效仿，平和的蜜柚树卖往广西、广东、海南、四川等省份，几年之间国内各种知名的柚子纷纷崛起，如广西的沙田柚、浙江的玉环文旦柚、四川的通贤柚。如何在纷纷崛起的柚子林里培养出最具特色、最有竞争力的柚子是摆在平和政府和平和人

柚言柚语

民面前的课题。平和广大农业科技工作者及果农加大对琯溪蜜柚新品种的培育，先后发现及培育了红肉蜜柚、红棉蜜柚、三红蜜柚、黄金蜜柚等新品种。市场主流品种为琯溪蜜柚（白肉）、红肉蜜柚、三红蜜柚、黄金蜜柚，其中的红肉蜜柚赢得了市场的青睐，通常价格在白肉蜜柚的两倍以上。

在平和蜜柚文化展示馆里，我们目睹了平和蜜柚不平凡的发展历程。明嘉靖年间，平和已大量种植琯溪蜜柚；1964 年，全县琯溪蜜柚树仅存不到 100 株；1983 年，县农业科技部门开始进行琯溪蜜柚开发研究工作；20 世纪 90 年代至 21 世纪初，平和蜜柚的种植风起云涌。而今，三十几年过去了，在全国蜜柚不再是罕物的年代，如何保持和发展平和蜜柚，又一个难题摆在平和政府与平和人民的面前。

缓步在平和蜜柚文化展示馆，犹如穿行在近代平和发展的历史隧道中，平和琯溪蜜柚的发展史照亮了平和的历史隧道，让它熠熠生辉！前人创业难，后人守业也很难，唯有先驱那不屈不挠的探索精神给后人以启示，让我们在困境中看到希望，在和平中思危，鼓足干劲在那伟大的探索精神的指引下继续开拓前进。我想，这也是平和文化展示馆建设给人们的启示！

柚见花开

汹涌澎湃的蜜柚花

黄水成

那天傍晚，围着平和县城牛头溪漫步，迎面一阵风来，就陷入一股浓香包围之中，无处可逃，这看不见的芳香分子再次准确地袭击了这个季节。

这浓香如此熟悉，一下唤醒旧年的记忆。印象中似乎年年如此，总在某天街头漫步时，脚步匆忙中，突然被一股味道击中，就知道是蜜柚花开了，感觉冷不丁被季节撞了一下腰。

柚花的香气如此霸道，如此撩人，熏得人心神摇曳。这团香气肆无忌惮地蔓延开来，就像越来越稠的浓雾，铺天盖地席卷而来，冲击着每一个人的嗅觉，从山上到山下，从田间地头到街头巷尾，它，占据了春天的每一个角落。

岂止柚花，春天原本就是一场花事。李花、桃花、梨花，立春一到，它们便迫不及待跃上枝头，来不及长一片叶子，简直是赤膊上阵，开得轰轰烈烈，如此慷慨，如此奔放，一出手便是一树芬芳，仿佛下了一场雪。其实，立春一到，所有的花花草草都冷不丁地冒出来，你方唱罢我登场，就像一场约定的集会——红的、黄的、白的、粉的、紫的，靓丽色彩成倍涌出，大地魔术般地变换颜色。植物使出浑身解数向春天献礼，

柚见花开

043

开花，成了一场宿命的约会。

但这些开得一树潋滟的花儿，似乎准备不足，它们模样鲜艳，却少了香气，好像忘带了宝贝似的，只能看，不能闻。

惊讶的是，令所有人迷醉的柚花却如此不起眼，它甚至比含笑还要小，但却有如此能量，它所散发的香气是如此馥郁、悠远。什么都阻挡不了，这香气如一团又一团跳动的火焰，一下又一下地冲撞你的神经。一枚柚花足以香熏满室，这漫山遍野延绵两千多平方公里的柚花持续盛开，春天在这场盛大的花事中一下汹涌澎湃。

柚花的香气是如此独特，浓得如一团化不开的墨，所到之处，连空气都变得黏稠。这团香气经久不散，只要撞上了，便成了挥之不去的影子一般。浓郁中还蕴含一丝柑橘苦味，经它一冲撞，心神一振，方觉春困已去。再有一阵风来，这股浓香变得更加狂野，随风扑去，它覆盖了一切味道，沿途闻不到其他任何花香。在平和柚花盛放的季节，连空气都带上一丝丝柑橘苦的浓香，柚花篡改了空气的味道。

这味道就像是咒语，成群蜂蝶闻香而来，成了它的俘虏，成了它的义工，成了基因的桥。没有谁能抵挡植物的慷慨，那份甜蜜成了永生的瘾。在这香浓翻涌中，那小小的翅，如那若隐若现的帆，隐没于波浪间。万千的翅来回奔波，春天似乎成了另外一个收获的季节，一下变得喧腾起来。

花朵和果实都是泥土的密码。花香，这无形的触手，让季节有了寻找的秘径。在这份甜蜜的劳作中，让人分明看见那永生的契约。

为有暗香来

肖克凡

　　佛光普照三平寺，灵应感通灵通山，文学巨匠林语堂，黄金之果琯溪柚，青花起源平和窑，精美绝伦平和土楼——平和县六大文化品牌。

　　一路采风，拜谒了佛教圣地三平寺和文学大师林语堂故居，游览了"闽南第一山"灵通山，参观了"海丝青花瓷"的南胜窑和田坑窑故址，走进了最具闽南特色的土楼……

　　来到红军三平会师纪念馆，不由走进历史深处。1935 年 7 月，中国工农红军独立第三团和独立第九团在艰苦卓绝的三年游击战中，终于在三平寺胜利会师，写下红色历史篇章。由此上溯到 1928 年 3 月 8 日"打响八闽大地第一枪"的"平和暴动"，印证着平和是有着红色基因的土地。

　　闽粤交界边的崎岭乡下石村，一座钢结构的桥梁横跨深溪，很是壮观。以前这里没有桥，深溪两岸乡民鸡犬之声相闻却不相往来。这座桥梁的落成，将两岸那两座建于乾隆年间的古老土楼"到凤楼"与"中庆楼"连通起来，也让深溪两侧从无往来的村民们走动起来，建桥打破壁垒。

　　令人惊叹的是"桥上书屋"。清华大学的设计师们巧妙地

利用空间，铺设地板将这座桥梁设计为两间书屋，摆放各类书籍供村民和游客阅读。它既是便民桥梁，也是传播文化知识弘扬传统文化的阵地。

就这样，一座现代化桥梁与两座古老土楼交相辉映，成为独具平和特色的景观。

这座构思新颖、结构独特的"桥上书屋"荣获世界"阿卡汉建筑奖"。这是建筑界的诺贝尔奖。具有如此现代意识的建筑坐落在地处偏远的下石村，这是"土洋结合"的产物，也是"文化下乡"的成果。

我们坐在"桥上书屋"的教室里合影留念，人在桥上，心在书屋，感觉很是奇妙。

漳州境内土楼很多，名气不小，比如建于清嘉庆年间的环溪土楼。然而，"藏在深山人未识"的景观，总会给游客带来意外惊喜。我们在平和县大溪乡庄上村见到了建于清初的大土楼，真是大开眼界。

这座大土楼依山而建，空中鸟瞰呈马蹄形状，占地54亩，南北相距220米，周长700多米，建筑面积9000平方米，土楼高9米……仅靠这组数字，似乎很难感受它的恢宏气势。

正值学校放学，一路奔跑的孩子们沿着水塘边的小路，顺着土楼围墙跑向远处，一个个欢声笑语的身影消逝在土楼里。

我们并没有意识到这座土楼的宏大，沿着孩子们的路线走向土楼大门。这座大门并不宽敞，仿佛就是座普通的院落。

穿过门道走进土楼，我和伙伴们都惊呆了！眼前是一座宽广的场院，形似中国北方晾晒谷物的"打麦场"。围绕土楼形成的土屋鳞次栉比，一间间放眼望去，难见尽头。

沿斜坡前行，这才意识到是在登山。抬头观望，一座10

余米高的小山矗立前方。原来这座被称为世界上最大的方形土楼，是将这座小山包围其间的。这时我突发奇想，庄上土楼就是一只巨型大碗，盛在大碗里的小山，好像盛满拱尖的米饭。

登临小山，凉亭歇脚，请来土楼主任介绍情况，得知居住在这座土楼里的村民均为叶姓客家人，先祖来自河南省叶县。楼内村民曾逾 100 户，近 2000 人。这座迄今被列为世界上最大的方形土楼，可谓平和一宝。

说起这座土楼颇有来历，它为明末天地会首领叶冲汉的祖居地，相传小山下埋有宝藏，至今不曾开掘。山下那座"打麦场"则是当年小刀会习武的场所。自然天成的人文地理与深厚的客家文化积淀，使得庄上土楼被国务院列为"全国重点文物保护单位"，当地已经拿出文物保护方案，拟定实施。

一路行走在平和大地，从佛教寺院到林氏家祠，从文庙到武榜眼府，以至九峰古镇的城隍庙，处处可见平和的历史文化特色。

我们参观九峰古镇得知，设立平和县的王阳明先生，竟然将唐代大诗人王维的牌位请进九峰城隍庙，摩诘先生端坐后殿，做主持日常工作状。这闻所未闻的故事，实乃古代文人从政之壮举。如今的平和文化人，只要谈到王守仁先生依然不乏感恩之情，他在中国版图里留下平和县，成为众人景仰的先贤。

然而，久久令我难以忘怀的却是平和境内漫天遍野的无形之物——那沉浸肺腑沁人心脾的香气。

起初，我不知是何种植物释放出如此典雅高贵的香气。无论你从哪里来，初春时节只要到了平和，便与这香气今生有缘了。

我闻知这香气来自柚花，不由得心生向往，急于参观平和的柚园。

平和乃琯溪蜜柚产地，已有近 500 年种植历史，琯溪蜜柚早年为清廷贡品。如今种植面积近 70 万亩，年产百余万吨，占全国产量四分之一，被称为"世界柚乡"和"中国柚都"。

我们迎着扑面的香气寻根溯源，乘车前往高寨柚园。一路上，香气渐浓。不知为什么，我的心忐忑起来。近乡情怯？可是这里并非我的故乡。似乎去见企盼已久的人，她正在柚园等候我。

其实，三年前我在梅州雁洋进过柚园，那是柚子成熟的秋季，自然没见过香气淡雅的柚花。

高寨地方，漫山皆是柚树，远望就是一座绿山，细节不辨。好在道路两侧植有柚树，促成了约会。顶着蒙蒙细雨，下车观赏。

终于见到白色的柚花，这白色，白得厚重，白得大方，白得恰到好处。我以往见过诸多白色花朵，或白得灵巧，或白得俏皮，或白得精细……相比柚花，全然不同。

沿着栈道，快步走进柚海深处，领略被称为"柚海布达拉宫"的高寨村景色。驻足观景平台，我脑海里迸出诗句。理应四句成章，偏偏前三句空缺，我只得第四句："不觉香气已压身。"又疑是古人诗句深存记忆里，更不敢献丑了。

纵身柚海赏花，有的柚花含苞欲放，花蕾低垂不显急切；有的柚花初开，花朵微张并不招摇。一树柚花不繁多，显出以少胜多的从容态势，大气、稳重、不做作，甚至流露几分憨态，其花已然具有果王气象。

我为柚花拍下照片，当即发到朋友圈，高寨柚花随着香气传播出去，远至北国家乡。

阴天多云。接待我们的朋友似有遗憾，表示如遇大晴天香气更易显现。我则私以为，这等天气柚花香气不易扩散，恰恰令我尽享，岂不快哉！

平和城处处浸透着柚花的香气，无疑成为有福之城。柚花初放时节，置身中国柚都，遥想果实成熟季节，一树百果，柚色金黄，实乃人间美景。那一个个憨态可掬的蜜柚，不改初心。那蜜柚之心，一定是晶莹的紫红色。

遥望平和柚海，为有暗香袭来。从容大度，不求香气冲天；持重恒久，只愿花蕾成果。这便是平和的文化性格吧。

柚见花开

最美柚语是花香

罗龙海

黄昏的时候，偕同妻子走出小区，沿着车流滚滚的正兴大道走一段，然后拐入望山湖村庄小路，城市的噪音立即减弱下来。路面有些坑洼，煤渣隔着鞋底也略感硌脚，虽然硌脚但却走得安然，不像走在大街上，即使路面平坦，行走的人神情却紧张兮兮东张西望。遍布乡间的仅容两人并肩行走的小路，是生态田园的触须，迂回悠游地伸向幽深静谧的山野，这样的羊肠小路走得多了、久了，心中自然填满了绿色的山水，脸上退却了欲望的神色，眉宇间多了一份恬淡，心气自然就平和了。

以恬淡的心态走在乡间小路上，一切都是美好的，正走着，一股花的香气从村庄农舍后面更清晰地飘来，直扑入鼻，令人兴奋，逗引着脚步加快数点春日余晖的节奏。很快，我们就来到布满夕阳光影的村后小山。

春日花语，最撇不开的就是眼前漫山遍野恣肆怒放的蜜柚花，这是一朵有历史有韵味的花！当年平和西林的李姓先祖检视夏日洪灾后的果园遗存时发现了蜜柚树，当时树上只有未成熟的果粒，没有花，因此，蜜柚树首先是携带着果粒形状撞入人们视野的。隔年春季，溪边果园中各种果树竞相开花，蜜柚

柚言柚语

花是否在百花争艳时脱颖而出、引起主人的注意呢，似乎没有，因为在相关的资料记载中，只有"果大如斗"的果实描述，却没有任何文字涉及花的形色，蜜柚花就一直很委屈地充当不起眼的配角，这似乎说明了当时人们的生活态度和重视果实忽略鲜花的价值取向。直至五百年后的今天，温饱无忧的人们逐渐对果粒外形产生审美疲劳，好奇的目光才逐渐从秋季前移到春天，聚焦到蜜柚花上面。

欣赏蜜柚花，一般可从阳历三月份开始，一直到谷雨期间，足有两个月的时间。有时，一些靠近城镇郊区的蜜柚已经褪花坐果，深山中的蜜柚花却刚刚盛开，恰如古诗"人间四月芳菲尽，山寺桃花始盛开"所说的那样。蜜柚花的开放不是一朵一朵地开，而是一串一串地开，一株花枝吐露着几十个花苞，从针头大小渐渐饱胀到大过小拇指。在某个夜晚或者清晨的风中，花朵悄悄爆裂，清香肆意喷发，香气随风远播。因为花朵过于繁盛，农人必须适时摘除掉一些，以利于更有效地结果。

初见之下，蜜柚花的外形色彩总让人赏心悦目，它的花瓣洁白，白得纯净，如冰雪，如白玉。蜜柚花由外而内可分三重：第一重是五个或者四个花瓣，花瓣一绽开就后翻卷曲；第二重是一圈细如发丝的花芽，花芽末段点缀着一层鲜黄的花须；第三重是坐镇在花须中间的一支小小鼓槌。是这支鼓槌的功劳吧，花香受它的鼓捣和驱使，飞向四面八方，山野和城区才到处充盈着花的清香。一周以后，花瓣变黄脱落，只留下逐渐泛青的鼓槌，这鼓槌是一朵花的核心，到秋天，这些原来比牙签大不了多少的鼓槌跃身一变，变成斗大的柚果。花蕊中孕育着秋的果实，这是蜜柚花比较别的不结果实的花更富有内涵

柚见花开

051

的所在。

有人说，植物跟人一样也是有感情的，茎秆间流动的汁液就是它的血液，叶片上的露珠是它的眼泪，枝梢间色泽各异的花朵是它与这个世界沟通的第一语言。花朵洁白芳香是蜜柚树选择的语言方式，只有近距离深入了解了蜜柚花，你才会恍然大悟什么才是真正的"甜言蜜语"，才能体会到一个人的心扉是如何被它瞬间打开的，体会到大自然造物的神秘力量。

蜜柚花的香味不同于桂花或者夜来香那样甜腻，它有一种辛味，可以提神醒脑，可以让人在花海中行走得再久也是神采奕奕。它的花香不惧雨淋，淅沥的雨水洗净空气中的纤尘，反而会使香气更加无阻碍地发散、传递，更加浓郁。春夜，坐在四楼的家中，耳边是街上汽车轰隆隆驶过减速带的嘈杂，鼻翼间却有丝丝缕缕的柚花香气萦绕不绝，双脚不自觉就移向临街的窗边，眺望远方黑黢黢的夜空，下意识地想要寻觅花香袅娜行走的轨迹。在无边的暗夜里，即使雨水淅沥，蜜柚花也会怒放，这就是它的选择。拂晓，睡梦中醒来，不是闹钟叫醒的，而是花香穿过纱窗登堂入室，拂面的花香伸出柔软的小手从心窝里挠醒的。在花香之中自然醒来，这是多少人梦寐以求的啊！

哪座山的蜜柚花开了，哪座山就真正从休眠中醒来了。到了阳历四月柚花盛开的季节，每一个蜜柚园、每一座蜜柚山都是花团锦簇，柚子树犹如盛装贵妇插满了洁白的玉石饰品，碧绿的叶子衬托着，更显靓丽、华贵。此刻的柚花香气再不是丝丝缕缕，而是香如潮流滔滔不绝、铺天盖地弥漫天宇，平和县全境犹如一座豪奢花房，一整个被香气笼罩着。这个季节来平和的客人，脚还没沾上平和的土地，人还在路上的车里边，鼻子就先警觉到了，心就被花香给俘获了——这就是蜜柚花的气势和魄力！

这个季节，蜜柚花集万千宠爱于一身，远方游客寻香而来，惊异于蜜柚花的热烈奔放，情不自禁把无数个惊叹抛洒在花海中。养蜂人从江西、广东等地千里迢迢赶来，数百个蜂箱在山头开阔处围成几个圆，那阵势，分明是养蜂人指挥着蜜蜂，开打一场采蜜大赛！又有农妇携带着茶篓，在树下选择性地采摘蜜柚花，带回去混杂在春茶中制作新品浓香的蜜柚花茶。

仅仅是因为花的色香形人们才喜欢上柚子树吗？当然不是。硕大的果实才是农人与大自然天人合一的甜蜜向往，是蜜柚树作为一种植物却富有人世爱心的最佳诠释，是它一度春秋的圆满句号，因此，多汁的蜜柚花是勤劳的人们与大自然一份丰收约定的开端，只因为每一朵都浸润着农人热切和期待的目光，它才报之以无比的甜蜜和绚烂！

柚见花开

挥之不去的柚香

李淑菲

立夏时节，满山的小柚果应当青涩如梅子吧。

当柚子以果汁、糖果等新的姿态献身……香醇的柚香依旧淡淡地散发开了，挥之不去。

阳春三月，电话铃声带着柚花的香气频频传来，柚香满街的琯城也是文人墨客牵挂的地方。

行走于平和县城寻常巷陌，在暗香浮动的空气中，携春姑娘的裙裾品着蜜柚果点。

清芬的柚香导引着大家，行走于山间小道果园。

本想一路追随柚香却发现那香气来自四面八方，奔达长满柚子树的大山。凝视乳白色的柚子花，花瓣浑厚、花朵简约、花色清纯、花苞丰硕，它们次第开放，延续花期，但似乎比较谦逊、低调，总躲在繁茂的枝叶间，色彩平淡，给人叶繁花稀的印象。也许吧，植物通人性，真正能回报给"园丁"的是视觉与味觉的双重价值。柚花虽不那么"惹眼"，却在酝酿着滋养人的果实，虽然少了唐诗宋词的滋养，却不像国色天香的洛阳牡丹，花期一过园子里便寒气骤降，难逃花谢了正伤心的宿命。我觉得柚子花有大气之美，就像落落大方、雍容大度的少妇。柚香的分子溢满山坡，香气密集，在风儿的鼓舞推动下进城了，越过山野的柚花香美女如云般涌入街道，香气浩荡。

柚子树是怎样的一本书，有味有诗有画有情有义，耐读耐嚼还生财有道。我虽然还没亲身体验在柚花园里的惬意，但我深深知道汗水的香味与花果的生命嫁接出来的馨香是如此怡情悦心。满山遍野长着茂盛柚子树的大山的脸是美丽的：面如满月、苍翠润泽、花香鸟语、生机勃勃。从高速路边掠过的许多山的脸谱就不一定如此有福相了，有的像火烧伤后扭曲的五官；有的像毒疗手术后留下的疤痕；满山的速生桉，则像直挺挺的僵尸招摇撞骗；有的光秃秃还有许多"老人斑"……色泽翠绿温润如少妇的山脸似乎离视野很远。面对自然的恩赐，面对满山柚子树，我很容易失态，甚至把头扭向一边去悄悄擦干激动的泪花，又不能坦白自己这么多情，以免让人觉得造作与矫情，只是我真的觉得这份情绝不是"黛玉葬花"似的多愁善感。一块被"山外"人士的傲气激活的土地，总会苏醒，酝酿着柚香，镌刻历史的书卷。

果熟了，上市了，倘若单纯地吃而少了吃的文化，那么，再好的果子也会让人腻烦，许多异地水果正是这么"冤"地献身。而柚子则不同，虽有些朴拙、厚实，却不紧不慢踏着时序的节拍走。据 1857 年《闽杂记》记载："……福橘之次，当推平和抛。他处出者，瓤中肉两层，上下直生相衔；独平和出者，横直杂嵌，不分层数，香味皆可敌荔枝……"

醉花香、采果子，蜜柚节开幕了。在果园里游荡是一次奢侈之旅。

穿过柚香小径，身畔累累柚果压弯了枝。叶子依然翠绿，枝条简直像钢丝，竟然能够挂住十来斤的成熟柚子。山风过

处，柚子在枝条上微微荡着，好像胖子荡秋千。左拥右撞的是瓜果中的"庞然大物"——柚子，硕大浑圆，当属花果王国中的胖子"明星"，造型符合中国的审美，圆圆的身子、淡淡的绿、淡淡的黄，八面玲珑。加之厚厚的皮儿是经得起推敲的"锣鼓"，经得起时光鞭打的卫士，蕴藏的是红红的果肉。在花博会上，它们挤挤挨挨心连心，重重叠叠向上垒，竟然造就金字宝塔、农家小屋和天下粮仓。经验之师说，柚果如"女人"，水灵、丰满才棒，尤其是臀部平板肥硕，放在手掌中掂量，沉沉的有分量，即为肉质细腻、皮薄肉多、汁液清甜、酸苦味全无的好柚子。据说，至今已有 500 多年栽培历史的平和柚早在清乾隆年间就被列为朝廷贡品。

有些缘，未必能放下，人缘如是，瓜果亦然。如果不是特别有缘，也许容易消化掉而不留什么记忆，平和柚与我却格外投缘。

年年有好友送柚子给我，每次还热心地进行"产品推介"，说柚子含有丰富的维生素 C 及大量营养素，红肉蜜柚所含的天然色素、微量元素、类胡萝卜素中的 β、胡萝卜素和番茄红素还能抗氧化，有助于清除人体内的自由基，胖子吃了瘦身，瘦猴吃了壮实，老人吃了延年，女人吃了美颜。其实，我很淡然，一度还很"拒绝"。"柚子"一词曾经在我心中被打入冷宫好多年，要点燃热情之火是不容易的。

当年我听说"柚子"就像听到"宇宙飞碟"一样陌生时，有人曾赠送给我一个大柚子，很费劲地切开那层厚厚的皮，里边竟然只有拳头大的几瓣酸涩的果肉，地板上一大堆果皮七零八落地袒露着。那时，我还以为柚子是专门做柚皮糖用的。哼，世间哪有这么滥竽充数的果子，如果要我给果子打分，家

柚言柚语

乡的红荔枝是一百分，这种柚子最多二十分。可是，最近几年，一个个红肉柚子却在我平静的心湖里投下"炸弹"，更何况好友专程送来的蜜柚，我自然要细细品味了。眼前的柚子色泽金黄、酸甜可口，大不似之前，于是中秋之夜，我家庭院成了品尝蜜柚、闻桂花香的临时会所。

闽南四季瓜果竞邀，驱逐不了的是柚香，那首"圆圆的身子牛皮裳，红红的肉瓣紧相连，齿中尚留果汁香，阳春三月花开忙，既可果腹又观赏，滋养身心名声扬"的蜜柚之歌，总在耳边回荡。

又见柚子花开

苏水梅

　　数日前，我曾经在博客上读过一篇关于平和柚子的文章，这篇文章里说："这棵抛一旦结果，窗户内便会整天守着一个老婆婆，不管谁靠近这棵抛，石头、板砖、木棍、柴刀，甚至是斧头都会随着她的怒吼声从窗口掷打过来。所以远远注视那棵抛的孩子们，从一结果就开始恨那个老婆婆，果子越大对老婆婆的恨就越深。但这种恨到每年中秋节那天就会化为乌有。"文章接着写道，"那家人一定会在每年的中秋节那天摘抛。中秋节那天，几乎每家每户都有人来到这棵树下等着分到一个抛，然后抱回家中品尝。吃抛的时候，我就会想起那个'穷凶极恶'的老婆婆。奇怪的是，中秋节那天，摘抛的是她的儿子，老婆婆竟躲在屋里没有露面。"文字把我的思绪扯回到二十年前母亲种的那片柚子园，那一个个金黄硕大的果实时时撩拨我的味蕾，牵扯一种叫作回忆的东西。我几次坐在电脑前，却迟迟敲不出只字片语。

　　春暖花开，又到了三八妇女节，这是母亲生前我曾答应每年为她过的节日。我随朋友们前往平和小西天赏柚花。清新怡人的白色柚花，星星点点，掩映在漫山遍野的翠绿、碧绿之中，淡雅的柚花的香味，充盈着我的鼻翼。含苞待放是一种表情，热情绽放是另一种表情。平和的青山绿水和柚花香，让我闻到了并不曾远去的母亲的气息，我分明触到了母亲那粗重、急切、温热的呼吸！

娘家和柚都平和只隔了几里路，20世纪90年代，一捆捆柚子的幼苗被村民们用摩托车运回来，房前屋后，山涧里，水沟旁，村民们种上了一棵一棵柚子树，也种下了许多希望。据说，这是一种省时省力的水果，不像之前家家户户种的橘子那么麻烦，需隔三岔五地施肥除草、除虫打药、修枝剪叶。这种平和人叫作"抛"的果树能结出三五斤重的果实。家里的地都挖了鱼塘养鱼，聪明的母亲懂得见缝插针的道理，在六七亩水面的鱼塘四周种上了几十棵柚子树。

勤劳的母亲披星戴月操劳家事农活，一刻不得闲，很快柚子长得又高又大，第三年，我们家的柚子结出了果子，母亲的脸上绽放出花一样的笑容。中秋那天晚上，月亮很圆，一家人围坐在鱼塘屋子外面的空地上，吃柚子，吃月饼。母亲乐呵呵地说："今年家里的收入增加了不少，你们几个孩子喜欢买什么，每人可以提出一个近期愿望，花销在每人500元以内。"我和妹妹高兴得一蹦三尺高，连忙把切好的月饼递给母亲连声道谢。母亲说，要谢就谢这些柚子吧。微风轻轻拂面，我们满心欢喜，我极目远眺，一棵棵柚子在银色的月光下轻轻摇曳，一片片叶子上似乎闪烁着喜悦的光芒。

中秋过后，柚子都从树上被采摘下来，不多时日，家里买来鱼苗，鱼塘里的水放干了，非洲鲫鱼在鱼塘边上打了一个个圆圆的窝，鱼塘里淤积了不少泥。按照惯例，母亲会从水沟里或水井里往鱼塘引进适量的水，请人把鱼塘里的淤泥水用抽水

机抽出。自从鱼塘岸边种上了柚子树，母亲更加忙碌了，她用铁锹把鱼塘里的淤泥一铁锹一铁锹地覆盖在柚子树下。看见大汗淋漓的母亲，心里总是很不舍，周末我和妹妹也加入忙碌的行列，但不一会儿，妹妹就溜之大吉了，她说太辛苦了，腰酸背痛的，还是请人来抽水吧。我用锄头帮母亲把泥耙到畚箕里，母亲挑着颤颤巍巍地走过踏板，把黑黝黝、湿漉漉的泥土倾覆在柚子树的周围。母亲总是说："你功课做完了吗？不用帮我了，你还是回家看书吧。"

第二年初秋，我换了新学校。周日下午，我收拾好行李，步行去公路旁等车。刚到公路旁，我就听见母亲摩托车"突突"的声音，她的红嘉陵摩托车已经衰老不堪，她总是念叨着，再积攒些钱，换辆新的。母亲说："我还担心你已经搭上车了呢，我给你带了些柚子，你带去给新同学尝尝鲜。"母亲把一大蛇皮袋的柚子帮我提上车后，挥动着手，嘴里不停叨叨着什么，汽车启动了，我的眼睛模糊了，看着母亲的身影越来越小。

不久后，患有高血压的母亲从一棵柚子树旁不慎栽进了鱼塘里，驾鹤西去。我们哭天喊地，悲痛欲绝。母亲去了，生活一片晦暗，我的心被撕扯成一块块碎片，柚子树前，我无数次回望，前行的脚步无比沉重，母亲成了我心头永远难解的心结，我都还没有来得及为母亲买一辆新的"红嘉陵"。

娘家鱼塘的那几十棵柚子树也不知道什么时候早已被砍光了。鱼塘边柚树下，母亲曾素面朝天，肩着重担，吧嗒着一双天足，行走、劳作，日复一日。不会有人比她更辛苦了，里里外外都操心，生产生活一肩挑，含辛茹苦培育子女长大。又是一年花开时，母亲身上散发的为家庭忘我奉献的光辉，时时引领我学会感恩，学会珍惜拥有。

遥远的柚香

许燕妮

三月底，再次来到平和。这一次是专为林语堂而来。

车子摇摇晃晃，一行人谈天说地，十分热闹。进入平和境内，鼻子突然感觉有些"异常"。一股香气暗暗幽幽、似有似无地钻入鼻腔，止不住被吸引，问："这是柚花吗？"同行人答"是"。随着汽车越来越接近平和县城，这种香气更加浓烈地弥漫覆盖于空气之中，花香太霸道，我狠狠地打了几个喷嚏。

这个时节，柚花大多还是未盛开的花骨朵，雪白丰盈，浑厚饱满，像铆足了劲随时等待上场的战士一般，"叭"的一声惊艳绽放，有部分"先声夺人"的已完全盛开的花朵印证了我的想象，雪白的花瓣反卷着，像是用力过猛瓣不回来了似的，但恰恰突显出黄色的花蕊。努力的结果不是做主角，却是为了更好地衬托，我从来不知道，柚花的盛开原来也这么有禅意。

若要论禅意，生于斯长于斯的林语堂应该能给人以更多启发。

如果一个人毕生以闲适平和的态度处世，进而用他的等身著作影响一代代人，而他又将这种成就毫无保留地归结于童年的家乡，那么这个家乡无疑是值得一看的。

据说林语堂一直念念不忘家乡的蜜柚，大抵是因为身在异乡的缘故，食物牵扯着最强势的记忆，打开味蕾的同时，念想也如潮水一般涌来，于是吃着吃着就抚慰了一颗满怀乡愁的心。不知道当年平和的三月是否也像如今柚香满城，如果是，我想林语堂应该也很难忘怀。

来到林语堂故居，第一眼望见的是草地上的五篷船。五篷船很新，一个十来岁的孩子正欢喜地从船舱里探出头来，仿佛当年，十岁大的林语堂坐船离开家乡的场景。听说先生特别喜欢坐船而行的那段时光，他的目光总是新奇而欣喜地望着沿途两岸的风景，西溪如此美，看不过眼的山景、禾田，与村落农家，即便是夜晚，他也认为别有一番风景，"其时沉沉夜色，远景晦暝，隐若可辨，宛是一幅绝美绝妙的图画"，甚至还可以听船夫讲慈禧太后的故事。先生的心因为航程变得快乐、轻松，全然没有孤身出门的恐惧与无聊，反倒觉得"沿途风景如画，满具诗意"。

仿若是一个隐喻，先生这一生与船结缘。是船带着他从平和坂仔顺水而下来到厦门，也是船带着他横渡太平洋前往美国，他曾说："浮生若梦，我们只不过是永恒的时间长河里顺流而下的旅客，在某一处上船，在另一处离船，好腾出空位让其他在下游等候上船的人上来。"平和、厦门、上海、美国，以及晚年定居的台湾，他一次次地扬帆起航，又一次次地在不同地方靠岸，离家乡越来越远，他的目光带着新奇与渴望，他的目光在远方又远方。尽管先生离开了家乡，但他始终眷念着故乡的一草一木，故乡的"十尖石起"，故乡的西溪，故乡的赖柏英，带着家乡平和给予他人格的滋养与处世的情怀，成了"脚踏中西文化"的一代文学大师。

柚言柚语

人生的最后三十年，他选择留在离家乡最近的台湾，我想，他大概是想家了。

我很喜欢坐在林语堂故居院子的树下。第一次来时正在下雨，没能坐下，我在雨中徘徊，拾了片被雨打落的梧桐叶，略有遗憾地离去。这次来则天公作美，于是有了在林语堂故居里泡茶喝茶，感受一把何谓闲适的机会。

午后在林语堂故居里喝茶，是一件美事，也是一件最适宜的事。阳光穿过菩提叶的缝隙，暖暖地倾泻下来，轻风拂过，树影婆娑，此时若喝一杯当地的白芽奇兰，与三五好友闲谈，便可以迅速进入林语堂先生最倡导的平和闲适、悠然自得的状态，不由得遥想先生当年在此慢慢成长的历程，曾抚过的那棵树，坐过的那张石桌，躺过的那张床，还有每日打起的井水，这些看似普通的事物，是否正构成了先生幽默闲适的"先天因子"呢？

林语堂先生一直是一个梦想家，虽然他说，他的父亲才是一个梦想者，"他要他的儿子获得最好的东西，甚至梦想到英国之剑桥、牛津和德国之柏林诸大学"。林语堂秉承了父亲敢于梦想的血统，在八岁时，就梦想要当作家，他甚至自己写了一本教科书，虽然幼稚简单，但已难能可贵。大学时他也一贯优秀，曾意气风发地宣布，要写一本让全世界都知道他的书。后来的事，大家都知道了，他不只是写了一本，而是写了近60本，被翻译成20多种文字，在全世界广为流传。

此刻我站在他家的庭院里，最为疑惑的，不是近前，却是关于远方的。如这般伫立在大山深处的林家，究竟是如何拥有放眼世界的思维。或许是林语堂的父亲林至诚起了决定性的作用，他不仅仅是一个虔诚的基督教牧师，还是一个崇拜儒家思

柚见花开

想同时兼具维新思想的人。他曾在朋友的介绍下，阅读了大量介绍西方宗教文化和科学文明的书刊，受其影响，决心要让家里的男孩都到教会学校读书，甚至出国"西学"。从这一点上看，林语堂的父亲十分伟大，为了让林语堂可以顺利求学，甚至变卖了祖屋，可见在林父心里，走出去看看世界远比安身立命来得重要。

如果说坂仔的山给予了林语堂潜移默化的滋养，那么他的家庭氛围无疑是对他最直接的影响。他的父亲林至诚是个天生乐观的牧师，他不许家里人吵架，要求每个人脸上要经常带着笑容，父亲给他取名"和乐"，教育他友善地对待他人。林至诚在给教会里的人布道之余，也做孩子们的家庭教师，白天里，"读的是四书、《诗经》，以外是《声律启蒙》及《幼学琼林》之类。一屋子总是咿唔的读书声"。到了晚上，林至诚就让他们读《圣经》，林语堂和兄弟姐妹轮流读，"转过身去，跪在凳子上，各自祷告"。这样中西结合的启蒙教育，一定曾在林语堂先生心底埋下一颗种子，日后当他学贯中西，在不同文化间自如穿梭时，这颗种子的影响显然是不可忽视的。

不识字的母亲一直是林语堂的依赖，虽然她仅能读懂闽南语拼音的《圣经》，但她的针线篮里有一本英文的妇女杂志，她用这本杂志的光滑画页来夹住那些绣花针。她母亲还喜欢一张外国女孩的像，女孩笑意盈盈，手里拿着一顶草帽，草帽里放着几个鸡蛋，她把这张像同光绪像挂在了一起。她的母亲善良、宽容，"给的是无限量的母爱，永不骂人，只有爱我"，经常在村头同农人、樵夫极开心地谈话，还经常邀请他们到家中喝茶、吃饭。正是这些耳濡目染，使林语堂从小就感受到了与人平等友善相处的快乐。

有了快乐的基因，才能一直以一个孩子的眼光和心性来看待这个世界。

走出坂仔时的先生还是个孩子，可贵的是，他将这点童心一直保留到了最后。40 岁时他写给自己"一点童心犹未灭，半丝白鬓尚且无"，纯真与新奇是林语堂快乐生活的源泉，他喜欢真实地表达自己，不掩饰不造作，常常在看电影时哭得稀里哗啦。他喜欢把自己小时候的照片剪下来，和两个外孙的照片贴在一起，自称是"三个小孩"。他随着女儿，管廖翠凤叫"妈"，还经常出些怪主意，捉弄廖翠凤。他甚至带点"痴"，研究并发明了一台中文打字机，虽然为此倾家荡产。发明"自来牙刷"手绘草稿、"自动门锁"草图、自动打桥牌机，也曾因为喜好轮盘，试图发明轮盘机。所有的这些创意作品，全然都是因为爱玩的心性。

在林语堂文学馆里，看到林语堂的小女儿林相如回到平和寻根时写下的一句话：回家好开心！那一年，林相如已经是 81 岁高龄。林语堂漂泊一生，在最后的日子也未能回到故土，回到他日夜魂牵梦萦的坂仔，回到柚香满城的家。但故乡却以各种形式保留了他的印记，美丽的西溪有他的身影，坂仔的高山有他的追寻，连同这里的一棵树、一阵风、一片云都感受过他的呼吸。故乡在旅人的心里，旅人却已深藏在故乡的记忆。

小城柚花开

江惠春

　　春天，柚花飘香的季节。清晨，曙光微露，露珠渐消，清脆的鸟鸣声声入耳，这是一段绝佳的静谧时光，没有纷扰，充满原始的气息。林间，散落着一朵朵柚花，粉白的柚花，一朵朵点缀在绿树上，一大片柚树，衬着那些花，布满连绵的绿海。远望，似彩霞朵朵，美不胜收。在阳光的照耀下，几近透明，给人奇妙的幻觉，如同仙境，让人感受到一种曲径通幽的神秘感。这种花不是随处皆有，它根植在这片土地上，给小城增添了无限的灵气，装点着小城的美丽身姿。

　　如果你问我，小城有何美丽之处。我会告诉你，除了家喻户晓的灵通山、三平寺等著名的山寺之外，还有小城的柚花，在黄土地上悄然涂抹下一道道生机盎然的色彩和芬芳。勤劳朴实的人们在大地上栽下了一棵棵柚树，有柚子的地方，就有人们劳作的身影。那盛开的柚花，绽放的是未来的期冀，期冀着自然给予辛苦劳作带来丰收的回报。山间，除了柚树，还有漫山遍野的植被，星星点点的或者是成片成片地分布在山体中，整个山体就像是一幅五彩斑斓的水彩画。红的、黄的、紫的、绿的、青的、蓝的，各种各样的色彩争先恐后地映入你的眼里，让你目不暇接。这里的树并不是铺天盖地地生长，而是恰到好处地铺散在每一个角落，这里几株，那里一片。甚至在陡峭的山谷之中也会零零散散地长上那么几棵，骄傲地立在那里，如火炬般燃烧着。

从历史走到今天，小城的四季，始终流动着闲适与惬意，从柚花弥漫到灿烂夏阳，从柚果丰收到冬的沉静，让生活慢一点，让心静一点，你会发现不一样的美丽。依托这些柚树，小城逐步实现了生态景观和人文景观的有机结合。每当夕阳斜下，走在大街上，这座曾经小小的城镇已日渐繁华。新开的大路旁，一座座高楼耸立，店铺一家挨着一家，震耳的音乐响彻云霄。一切一切都显示着小城的繁华。在这里，走累了，你可以找个咖啡屋坐下，喝杯咖啡。你也可以在溪边的草地上，三五个友人聚在一起，泡杯香醇的平和奇兰茶，在茶香中品人生百味。

在城的另一边，一些人生活在老街区。当夕阳洒下长长的身影，闲适的人们便把茶桌搬到门口，几个老人抽着烟斗，泡着浓香的茶，享受着市井的安逸。时光，在他们身上慢慢地走着。有月光的晚上，月色温柔地穿过老街的沿角，静静洒在青石板路上，路边的月季隐隐地飘散出淡淡的花香。透过洒满花香的清辉月色，那荡漾在老街的清幽古韵是老街的特色。此刻老街是沉静的，是安详的，唯有墙角或是街道边那几盆绽开的月季，时不时随风飘下的几片叶片，有着簌簌的声响，打破了老街的沉默。所有的一切，皆是如此静谧安逸，平和地渲染着闲适的气氛。

有时，我们就需要这样闲淡的时光，慢一些，再慢一些，让生活有更多的闲适。可是，生活在都市的人们，节奏太过紧

张，无暇停下前进的脚步。老街区的生活唤醒了我们对往昔岁月的怀念，或许多年以后，老街也会随着商业的发展尘归尘、土归土，如此闲淡的景象也不复再现，可是在我们的脑海里，却依然会将这一抹底色深深印刻在心底，任岁月沧桑，年华不再。

很多人已搬离小城。他们在外，或许已有了更为长远发展的空间，但大部分人还是选择留在这片土地上安居乐业。留下来的人们，安于小城的日落月升，安于小城的街井民风。他们种着柚子，守着花开，喝着本地的奇兰茶，或开开小店，或朝九晚五，缓慢的节奏让他们的生活始终闲闲淡淡，可以感觉到一种呼之欲出的恬静与平和。

"一方热土养育一方人"，小城的孩子一天天长大，慢慢地又一代人走向外面的世界，新一代老一辈的人们来来回回地折腾，乐此不疲。每逢月圆之时，走了的人必然会回来赏柚花，吃柚子，话团圆。守着朝夕，总有那么一种陌上花开缓缓归的自在感。而今，小城的柚花又开了，年年岁岁象征生活的富足和美满。于是，小城又开始有了朝气，有了蓬勃的气息。

春天，来了又去，去了又来。在春天里，一树树的柚子花，总是合乎时宜地绽放在枝头，满满当当地开着，岁岁又年年，在记忆里弥香。

柚乡花事

林丽红

晨起，推开窗户，香气瞬间飘进屋子，淡淡的犹似兰花之香，却又带着夜露蒸发时淡淡的甜味儿，睡眼惺忪顿时化为神清气爽。

一天的忙碌开始了，在淡淡的香气环绕之下，无论是工作，抑或休闲，总能保持良好的心情。

傍晚，卸下一天的劳累，漫步于琯城龟头溪两岸的河堤之上，徐徐的微风之下，微甜的淡香徐徐飘来，心旷神怡，倦意顿消。

黑色的夜散发着洁白的香气。

这漫天不散的香气，是蜜柚之乡平和县特有的花事。

春暖，花当然要开。春来了，柚花就开了。每年这个季节，柚乡和春天都要携手共赴这场美丽的约会。

去小西天，去锦溪，或者去高寨吧。那里有连绵百里的柚海，在柚林包围之下的山道上，或行走或攀爬，目之所及的是隐藏于浩瀚绿海中一串一串的洁白，鼻子接收的是从茂密的绿叶丛中飘散出来的一丝一丝的香气，这时候你体验到的绝不仅仅是运动的快乐，还会有诗情画意的人生乐趣。

柚见花开

春天里，带有香甜气息的洁白美丽的花太多了，可是，毫无疑问，这开在柚子树上的带着香甜气息的洁白柚花才是柚乡平和人民的最爱。

平和县四面环山，漫山遍野，目之所及的绿几乎都是蜜柚树。春天每个发生在柚乡平和的这场花事，都预示着一份即将到来的丰收，预示着农民即将再一次迎接幸福的降临。

春天里，柚花的香气也吸引了四面八方的人们，柚乡平和县不失时机地推出了生态赏花游。因此，人们不约而同、不辞辛苦地自远方他乡来到这里，与柚乡人民共赴花事，为等待幸福秋天的柚农们提前带来了一份额外的幸福。

走在山间小道上，两旁柚树像是等待检阅的女兵，即使军装在身，神情肃穆，也难以掩藏飒爽的英姿、迷人的魅力。即使那些纯白色的花朵儿那么小心翼翼地躲藏于树叶丛中，也难抑奔放而出的香气，飘然的空气把它们"出卖"了，不时从山道上飞舞穿梭而过的蜂蝶们情难自禁地把它们美丽的信息给"泄露"了。

平和县不仅是名扬四海的柚乡，同时也是声名远播的茶乡，平和白芽奇兰茶同样醉了无数人的心田。春天，当柚花遇上白芽奇兰茶，这同样也是一场美妙的约会，柚花奇兰茶就是它们爱情的结晶。

柚花是如此美丽，如此令人幸福。可是，它的花语竟然是"苦涩的爱"！

为何？

是因为苦于花期太短，只有匆匆的二十几天，而未能与春天长久一些地厮守？是因为苦于花儿太密，为了柚果能好好成长，柚农不得不提前大量疏花，让花儿过早地"零落成泥碾作尘"？还是因为柚树本身从树枝到叶子到花到果都天生带着一丝苦涩，虽然天生苦涩，却照样为爱它的人们带来无尽的幸福和甜蜜？

　　作为一名土生土长的平和人，我与柚子树可谓是青梅竹马，同生同长。每到阳春三月，弥漫在空气之中的香气不经意地袭来时，我知道，花事到了，该赴约了。

陌上花开，可缓缓归矣

张美英

　　"陌上花开，可缓缓归矣"，最初来自好朋友的书法分享，初识便为之惊艳，故曾饶有兴致深入去探求缘故：

　　吴越王钱镠的庄穆夫人吴氏，每年寒食节必归临安。钱镠是一个性情中人，最是思念这位结发之妻。吴氏回家住得久了，便常带信给她：或思念或问候或催促。那一年，吴妃又去了临安娘家。一日钱镠在杭州料理政事后走出宫门，见西湖堤岸已是桃红柳绿，万紫千红，想到吴氏夫人又生出几分思念。回到宫中，便提笔写上一封书信，其中一句："陌上花开，可缓缓归矣。"就这九个字，平实温馨，情愫尤重，让吴妃当即落下两行珠泪。

　　前日得空翻看朋友圈，看到老家同学发了几张蜜柚花开的图片。许是这些天来每次电话里妈妈盼我回家的絮絮叨叨，又或许是那句"陌上花开，可缓缓归矣"在这个阳春三月的心底引起了某种触动。家乡亲人的期盼每每让我涌起回老家的冲动，昨日就与闺密一起来了个"说走就走"，不管其他事有多急，回到亲人身边，陪伴永远是最需要做的事情。

　　今晨，尚未完全从睡梦中醒来，准确地说是被一股淡淡的若有若无的花香慢慢熏醒的。起床把纱窗完全推开，那淡淡花香不再缥缈了，而是瞬间实实在在地涌入了我的鼻息间。没错！柚香，这便是老家同学每次在春天里经常诱惑我的满城尽飘的柚花香，此刻就这么不经意地突然占据我呼吸的空间。原以为这段时间柚花虽开，却尚未到盛放时节，住在城中闹市，还没有奢望这个时节就能闻到远处飘来的香气，而此时柚香却已实实在在地溜进我的鼻息中。起初的淡淡的若有若无，时而清晰时而缥缈，到真真切切地感受它的存在，一时间立在窗台闭目凝神了好久好久……

　　老家在平和，被称为蜜柚之乡，每年三四月份是蜜柚花开时期，整个平和地区从平地到高山到处都是柚花，柚花香气很重，在盛开时节整个平和随处都可以闻到柚花香。今晨的我只是欣喜于这么早就有如此多的香气飘散在空气中，昨日的车途中和闺密聊天还念叨再过半个月又是满城柚花香了，不曾想今日已然拥抱在怀，恍惚间竟发觉眼眶有些微微湿润了……

　　走出房门，早起的妈妈已经穿着出门的衣服笑眯眯等着我了。只要回老家没有下雨，妈妈总等着我牵着她的手走出门到河边散步，这是我们之间的默契。80岁的妈妈行动已较很多同龄人迟钝，没有人陪同已经不敢独自散步。我们走出家门的时候，春日的晨光已经有暴晒感，牵着妈妈的手慢慢走路，原准备向妈妈描叙刚才的花香，然而之前在窗前被花香环绕的我，此时站在宽阔的马路上，居然一丝丝的花香都没有闻到了。诧异一番后，意识到此时此刻周围充斥着各种人间的烟火气，估计早已掩盖了那本就不够饱和的花香仙气，也只能有所悟地摇头，一笑作罢。

　　陪妈妈散步回来时手机里已经有了几条老同学的微信邀

约，于是二人相约来到高寨村。兴建在海拔 400～600 米的半山腰上，被"柚海"环绕的村民新建的小洋楼，错落有致地置身绿色柚海之中，被亲切称为"闽南布达拉宫"。整个山野全是柚子树，一条观光木栈道巧妙地蜿蜒在其间，一个巨大柚子造型的观景亭连接两边。我们漫步其间，晨光下"柚海"中只有我和她。此时的柚花香气已经严严实实地把我们俩笼罩着，而我们也乐于徜徉其中。闻着花香，边挑着角度拍照边向老同学讲述着吴越王钱镠与吴妃的故事。老同学也是个才女加诗人，艳羡之余也表示要为此写首诗，期待她能写出越来越多的好作品与我们分享。有些时候，我们会因为一句话改变看法，或因一个人改变人生，正如我因一句话改变了行程，还因此顺便唠唠叨叨记述了这几天的感受，权当日记。

"陌上花开，可缓缓归矣"，在这个快节奏的时代，宜常"缓缓"……

甜蜜柚惑

柚香，平和人的另外一种乡音

黄荣才

蜜柚，是平和人的另外一种乡音，无论是柚花，还是柚果。

三月，蜜柚花开。

行走在平和，有股香味直往鼻孔里钻，无论是俯首还是抬头，或者转身，香味无处不在，好像巨大的披风，把平和笼罩住，莫名地就想起如来佛的五指山，让人无处遁逃。这股香味就是蜜柚花香。

蜜柚花香清香怡人，没有浑浊感。香味袭来，清新的感觉就在肺腑中行走，宛如面临清澈流水直视河底的鹅卵石，不会有浊水泥汤的暧昧朦胧。蜜柚花香是流动的，即使没有风，也能感受到缓缓流动的质感，风只是增加了加速度，让香味更汪洋恣肆。整个平和笼罩在蜜柚花香里，颇像一个巨大的香团，日夜散逸香气，和平和的空气浸染糅合，无须选择方向或者角度，柚香时刻造访嗅觉。花香并非平铺直叙，而有着分明的层次感。或者浓烈，或者淡雅，有清香扑鼻，也有暗香浮动，无处不在，却香得风生水起，颇像水墨画中的焦墨、淡墨、浓墨等不同笔法，以田野山陵为纸，在天地之间把香味挥洒、

拖顿。

　　蜜柚花不和其他春花争奇斗艳，直到人间三月芳菲快尽时，才姗姗来迟，压轴一般。春天来临之时，蜜柚花骨朵儿或者先于绿叶领略先机而出，或者与绿叶联袂出场，或者在绿叶刚要舒展叶片的时候才探头探脑地藏身于绿叶之间，以不同风格的演出一般。花骨朵汲取营养，慢慢鼓胀。绿色花骨朵前段显露乳白，让原来包裹的绿色外衣退隐江湖一样在后半段蛰伏，白色的前端逐渐张扬闪现，把原来散落绿叶之间的行踪自我泄露。蜜柚花偶尔有单朵出现，但大多不会是散兵游勇，一棵蜜柚树的花朵总能让人有繁多的感慨。花一串串，一咕噜一咕噜地在枝杆下、绿叶间闪现，甚至张扬地在没有绿叶的枝条上聚集出现。小指头大小的花骨朵被即将盛开的喜悦撑得饱满异常。

　　柚花开了，乳白色的花瓣依次登场一般，逐渐绽开，白皙而狭长的花瓣中，一支鹅黄色的花蕊傲然挺立，花蕊顶端挺立着一粒缀满绒毛的细珠，湿漉漉的很是娇嫩。在花瓣的簇拥下，未来的蜜柚果若隐若现，那种淡淡萌生的希望很近又很远，挠得人心痒痒的酥酥的。刚刚盛开的柚花，出浴的美女一般，很是吸引眼球，没有羞答答的神情，如信心十足的美女，艳丽张扬地展示自己的天生丽质。朵朵素白在绿叶之间没有规则地散布或者集群出现在枝头叶间，极目之处，柚花争先恐后地进入视线之内。

　　白色的柚花是对视觉效果的冲击，花香，却是毫不隐藏地飘扬，沁人心脾，对嗅觉攻城略地一般，不容置疑地进入，有种霸道的王者风范。蜜柚花不是整齐划一地开放或者凋落，即使同一串花，也有不同的绽放时光，有的凋落，有的绽放，就有了早花、晚花之分。"你方唱罢我登场"让蜜柚花的开放不是昙花一现的过眼烟云，柚花开放得很热闹，花期很绵长，流淌的香味足以让人在不觉晓的春眠中清晰醒来。70万亩的蜜柚树有多少花在开放或者凋落，是无法统计的概念，只是凝聚的香气让平和整块大地日夜飘香，吸引了众多的游客追香而来。

柚花张扬地开放，蜜柚果中的佼佼者已在花瓣凋零的过程中逐渐清晰了。花瓣"化作春泥更护花"是它无法逾越的宿命，蜜柚果以别样的容颜挥洒柚花香味。

和三月柚花盛开的浓郁香味不同，十月的平和，飘荡的是另外一种香味。平和琯溪蜜柚成熟的芬芳少了柚花香味的轻盈，更多的是沉静，宛如经历过世事激荡之后的淡定。但十月蜜柚成熟的香味也是不可以忽略的，那种微甜、微酸的味道时刻提醒着人们：蜜柚成熟了。平和，从三月柚花开放的"香"城，成为十月的蜜柚城。山野田畴或者大街小巷，要么是累累硕果，要么是整车、整堆的蜜柚，就是三五袋甚至三五个蜜柚，也足以吸引目光停留。

金灿灿的柚果，从平和发送到各地，成为家乡飘扬的标志，那是另外一种乡音。出门在外，看到蜜柚，陡然有了一种亲切感，听到店主招揽生意的呼叫"蜜柚，正宗的福建平和蜜柚"，有种惬意舒服着所有的神经末梢，不禁停下脚步，买上几个蜜柚，甚至在水果摊前就剥开一个，大快朵颐。或者边走边吃，碰到熟悉的，还热情地递过去，道："尝尝，我家乡的蜜柚。"那份自豪，像蜜柚那饱满的汁水，时刻流淌。或许有平时不善言谈的人，因为这蜜柚，不禁也打开话匣子多说了几句，好像健谈起来。曾经有朋友出差，碰上摊贩推销平和蜜柚，走过去故作神秘地说："我是这蜜柚的'爹'。"看着摊贩

一头不解，他高兴地说："我是福建平和人，我在家种了许多蜜柚，我不就是蜜柚的'爹'吗?"言语中掩饰不住的得意。摊贩也哈哈大笑，两个人热情攀谈起来，朋友兴起，帮着摊贩高声叫卖，还热情地教人如何识别正宗的平和蜜柚。

不仅仅是身在异乡的"他乡遇故知"，蜜柚成熟，像老家屋顶的炊烟，也像儿时母亲召唤贪玩孩子回家吃饭的呼唤，吸引众多游子收拾行囊，踏上回家路。每每到了蜜柚成熟的季节，许多在外的平和人就回家了，回老家吃蜜柚成了他们共同的通道密码，牵扯了太多飘零的脚步，蜜柚成熟季节，成为他们的另外一个"春节"。闻着蜜柚香，吃几瓣蜜柚，奔波的辛劳、思乡的愁苦顿时消解不少，温馨就在吞咽蜜柚果肉的过程中浸入骨髓，足以在很长的时间里慰藉记忆。离家的时候，或者三五袋，或者数个蜜柚，把乡情捎上，把家乡藏在自己的行囊，伴随自己从家乡出发，走向远方。

每一个蜜柚，都是平和一枚精致的标签，其间的韵味，宛如蜜柚的各种元素，丰富多样。圆圆的蜜柚，也就像绽放欢颜的笑脸，不仅仅张扬在平和的土地上，还从平和走向世界各地。每年5亿个以上的平和蜜柚，让许多人记住了平和蜜柚，记住了平和。

柚香奇兰

黄荣才

　　琯溪蜜柚在明朝的时候叫平和抛，清代学者施鸿保《闽杂记》一书说："……品闽中诸果，荔枝为美人，福橘为名士，若平和抛则侠客也……"颇给人浩然正气的感觉，只是这侠客也有落寞的时候，如果不是那场大雨之后侯山第八世祖西圃公的偶然发现，也许这谓之侠客的名果就消失在历史的深处，宛如行走江湖的侠客哪天从江湖消失，不知其踪迹，只留下满纸张的向往和一声叹息。

　　但命运时常在绝境处拐弯，也才有"柳暗花明又一村"的千年感慨。出生于明嘉靖七年（1528 年）的西圃公，在那场大雨引发的山洪暴发导致果园全部被洪水冲毁之后，伤感地行走在满目疮痍的果园，黯然神伤的他看到果园唯独留下一株柚树，便马上把树扶起来，并用土把它培好。也许他的行为源于对种植果树的热爱或者对自家果树敝帚自珍式的爱怜，并没有赋予多少神圣的意义，但就是他的这一"举手之劳"，挽救了这种水果，也让后人从书卷的字里行间看到当年他在风雨之后的功德。秋天的时候，这树上仅剩的几个果实果大如斗，果皮金黄，西圃公将这柚子剥开试吃，发现里面没籽，果实金黄，

果肉透亮如玉，吃起来像蜜一样甜，所以叫蜜柚。后来，西圃公发现树枝培土的地方长出了新根，来不及感慨，就把蜜柚分植培育，终于让名果留存。因为旁边的那条名叫琯溪的溪流，琯溪蜜柚也就成为名果的名字流传于岁月风雨中。

偶然的机会，乾隆皇帝吃到琯溪蜜柚，龙心大悦，就降旨侯山李氏每年进贡百个蜜柚到朝廷。到了同治时期，皇帝又赐"西圃信记"印章一枚及青龙旗一面作为商标和禁令，琯溪蜜柚也就有了盛大的荣誉。一种名果的命运总是在岁月中沉浮，琯溪蜜柚从那个溪流边的果园蓬勃生长，生长在平和的田间地头，成为全县共同的梦想和希望，让日子丰盈充实。

文化，许多时候不是点缀，而是经历风雨洗礼的支撑。没有文化，许多辉煌将瘦弱成不堪风雨的存在，最后如灰尘般在微风中了无痕迹。和琯溪蜜柚几近相同的发展轨迹，白芽奇兰茶则以另外一种姿态深入生活。白芽奇兰茶在许多茶杯中，以曼妙的舞姿让人惬意地吮吸独特的奇兰香味，如果说琯溪蜜柚是豪情冲天的侠客，白芽奇兰茶则是千娇百媚的美女。就在举杯之间，白芽奇兰茶的万种风情陶醉了几多喜欢品茗的人。白芽奇兰茶，民间有着诸多传说，其中一个是明成化年间，开漳圣王陈元光第廿八代嫡孙陈元和游居平和崎岭彭溪水井边时，发现有一株茶树，枝稠叶茂，其芽梢呈白绿色，制出的茶叶清香浓郁，有奇特的兰花味道，所以人们取名为白芽奇兰。芽稍白毫显，有奇特的兰花香，是白芽奇兰茶特有的印记。有关白芽奇兰茶的传说还和王阳明有联系，留下"品茗议县"的故事，还有黄道周、蔡新等。"如果有一只茶壶，中国人到哪里都是快乐的""捧着一把茶壶，中国人把人生煎熬到最本质的精髓"，出生于平和坂仔的世界文化大师林语堂一手托着烟斗，

柚言柚语

一手端着茶杯，满脸洋溢着他的标志一样的闲适、平和的笑容向我们走来，用他淡定的语气和我们说"酒要热闹，茶须净品"，交流品茗的十个环节。林语堂以为茶和烟、酒应该是同属于一种文化氛围的，唯有在神清气爽、心气平静、知己当前的境地中，方能真正领略到茶的滋味。对于亲自烹茶，林语堂又是颇有讲究，炭火、装茶叶的锡壶、"三滚"的水等家乡泡闽南工夫茶的过程让林语堂有了"茶在第二泡时最妙。第一泡譬如一个十二三岁的幼女，第二泡为年龄恰当的十六女郎，而第三泡则已是少妇了"这样著名的"三泡说"。茶作为东方文化深入林语堂的骨髓之中。

但没有谁料到，有一天它们会互相交融，彼此拥有。把柚花融入白芽奇兰茶生产的流程之中，便无法水过无痕了。柚香奇兰的加工工程繁复精细，那是专业制茶人的活。茶以白芽奇兰成品茶和平和琯溪蜜柚的鲜花为原料，利用茶叶的吸附性，通过拼和窨制而成。其制作原理与花茶制作原理相同，但因蜜柚花含水率、吐香特征等与其他花类的差别，在工艺上有所差别。而我们需要的是，品尝成品柚香奇兰的惬意。白芽奇兰茶在柚香类似霸道的侵入中留下了独特的味道，白芽奇兰和柚花两种不尽相同的清香不仅仅造就一种新的产品，尤为重要的是两种品牌的强强联合。它们走到一起是一种幸运，幸运的是它们，还有存在它们之外的人类。柚香奇兰又留下了许多好故事，有作家还为应该说柚香奇兰的味道是嚣张还是张扬有着善意而认真的讨论。

没有谁能够说这是简单的 1 + 1，很多时候这无关数字的简单叠加，而是创意。因为创意，有了前无古人的发明，而不是仅意外的惊喜和发现。

无边的柚香与生活的艺术

青　禾

　　仲春时节，柚花飘香，我再次来到平和，来到林语堂的出生地坂仔。

　　蜜柚之于平和已有 500 多年的历史，曾经作为"贡品"走进紫禁城，摆在乾隆皇帝的御膳房。近年来，平和蜜柚更是名扬四海。当你走进平和大地，就会发现，柚子树无处不在。

　　满山遍野的柚子树，绿得快要流油似的，而柚花就躲在肥大的树叶下，这里一撮，那里一串，小鸟依人般地相拥相偎着，有的笑得很妩媚，舒展花瓣，露出花心；有的含羞待放，静如处子，不管是笑是静，都白得让人心疼。我一边提着照相机，把她们的风姿摄入，一边贪婪地吸着她们身上的芬芳。而她们的香气早已不知不觉间跑进我的衣领，躲进我的发间，随我而动，随我而行。我们一群人，带着柚仔的花香来到坂仔，来到当年林语堂乘"五篷船"经漳州到鼓浪屿的那条小溪——花山溪畔。

　　如今花山溪两岸已然一片现代气息，石的堤岸，木的栈道，棕色的栏杆。林语堂塑像后面有一幅巨大的宣传画，一句广告词让人心动：打造世界级文学小镇。

还有更让人惊奇的，一只巨大的足有三层楼高的烟斗耸立在你的眼前。烟斗自然是林语堂时常拿在手上、含在嘴里的那只，只是大得没边，我仰望着伸向天空的烟斗嘴，仿佛看到林语堂在云间微笑。

　　这场景林语堂一定没想到，连同这满山遍野的柚香。

　　平和林语堂文学馆馆长黄荣才组织这次采风活动，让漳州几十位文友有机会在这里进行午后的休闲。文友们三两成群，或聊天，或说笑，或抽烟，当然，抽烟的人全不用烟斗。有人给我递来"中华"牌的烟，我说"谢谢，我不会"。我想，有朝一日，如果我想抽烟的话，一定得学林语堂，用烟斗慢慢地把烟丝装上，悠闲地划一根火柴点燃。

　　巨大的"烟斗"正面是五个繁写体的米黄色大字：生活的艺术。

　　在柚花香的环绕中，我的思绪随"生活的艺术"飞翔。

　　什么是生活？生下来，活下去。生下来是父母的事，而活下去，大都靠自己。人有各种活法，而要活得有意思，活得快乐，就得讲一点艺术。

　　林语堂是个活得很有意思的人，他的有意思，用现在流行的说法，叫活得很有质量，很有品位：著作等身、闻名世界，活出了价值；中国外国，走走看看，活得自由自在；贤妻爱女，笑声盈盈，活得有滋有味。林语堂不但自己活得好，还写了一本《生活的艺术》，供人家参考。

　　《生活的艺术》一书，是在美国用英文书写、出版的，是写给美国人看的。

　　当然，林语堂写《生活的艺术》不是要教导美国人如何生活，好为人师不是林语堂的风格。用他自己的话说，他是"以

一种孩子气的厚脸皮，在大庭广众之间把它们直供出来；并且确知在世界另一个角落里必有和我同感的人，会表示默契"。这里的"它们"，是指"我可以根据自己的直觉下判断，思索出自己的观念，创立自己独特的见解"。也就是说，《生活的艺术》是林语堂自己的感悟和发现。

写《生活的艺术》的林语堂是自信的。林语堂一直把自己当成一个普通人、平常人，而他的自信恰恰来自对平常人、普通人的观察和理解。正如他在《生活的艺术》一书"自序"中所说的："我并不读哲学而只直接拿人生当作课本……我的理论根据大都是从下面所说这些人物方面而来。老妈子黄妈，她具有中国女教的一切良好思想；一个随口骂人的苏州船娘；一个上海的电车售票员；厨子的妻子；动物园中一只小狮子；纽约中央公园里的一只松鼠；一个发过一句妙论的轮船上的管事人；一个在某报天文栏内写文章的记者（已亡故十多年了）；箱子里所收藏的新闻纸；以及任何一个不毁灭我们人生好奇意识的作家，或任何一个不毁灭他自己人生好奇意识的作家……"

林语堂就是以最底层人的最基本的情感作为自己写作的出发点。他在最普通最平凡的地方发现了优雅、真诚和乐趣，并把它告诉读者。

正因为林语堂的发现来自民间，所以受到广泛的欢迎，《生活的艺术》成为1938年全美最畅销的书。仅在美国，《生活的艺术》先后重印了40多版，被译成了法、德、意、丹麦、瑞典、西班牙、葡萄牙、荷兰语等十几种文字后，每一种译本也都大受欢迎。

《生活的艺术》出版后，有个叫皮特·普罗克特的书评家在《纽约时报》上撰文说："读完《生活的艺术》这本书后，让我很想跑到唐人街，遇到每一个中国人，我便向他深鞠躬，表示感谢！"另一位叫卡斯睿·沃德斯的女士也在《纽约时报》上写文章，称："林语堂滤清了许多历史悠久的哲学思想，加上现代的香料，并根据自己的见解，以机智、明快、优美、动人的笔调，写出了一部有思想有风骨的著作。作者在《生活的艺术》一书中谈论的许多问题，见解独特，学识渊博，对中西文化思想都有深刻的认识，也是颇具意义的。"

这时，在美国出现了许多"林语堂迷"。林语堂的女儿林太乙在《林语堂传》中讲到过这样一件事：有一次，林语堂一家在小河上划船，有一位三十几岁的女"林语堂迷"竟然站在岸上，把衣服脱得精光，一丝不挂跳下水里去，跟着他们的船一道游泳，吓得林家人不知如何是好。这是自由美国"超级粉丝"的表达方式，这种方式，不用说当时的林家人，就是现在一般的中国人，也会吓得不知如何是好。

作为林语堂的老乡，走在柚子花香中的我，读《生活的艺术》一书的中文译本，已经是半个世纪之后的事了。

我是先喜欢上书的目录，然后才认真地读下去的。我印象最深的是第五章"谁最会享受生活"，讲庄子，讲孟子，讲老子，讲子思，讲陶渊明，无不另辟蹊径，令人耳目一新。第十二章"文化的享受·读书的艺术"一节，让我受益无穷，成了读书、解书的一把钥匙。而第十四章"思想的艺术"中的两句话，则让我记了一辈子，一句是："思想是一种艺术，而不是一种科学。"另一句是："我们最终能和平地生活，因为到了那时节，我们都已学会怎样的做近情的思想了。"

我没有能力用几句话来概括《生活的艺术》，我只想从林

甜蜜柚惑

语堂的一生来考察《生活的艺术》一书对于我们的价值。

林语堂出生在"亲情似海的基督教家庭"，他的小学、中学和大学大都在教会学校度过，后来又长期生活在西方，受到西方文化的熏陶。作为学者，他又对中国的儒释道文化进行过深入研究，因而他在理解中国传统、观察现实生活、选择人生道路的时候，往往带着西方绅士的眼光。中西文化思想在他的脑子里搅成了"一捆矛盾"，很难分清彼此。从他的人生论中大量的"无为""闲适"之类的阐述看，他似乎在张扬道家文化；从他一生不停进取（年轻时辗转于美国、法国和德国，刻苦攻读硕士和博士学位，直至年过古稀还受聘为研究教授，主编和出版了《当代汉英词典》）来看，他似乎选择了儒家人生观；从他在《八十自述》一书中所说的"我只是觉得如果上帝不存在，整个宇宙将至彻底崩溃，而特别是人类的生命"看，他似乎是个虔诚的基督教徒。

林语堂和我们一样，生下来，活下去。然而，他的"一捆矛盾"，他的努力与闲适，他的精彩人生，正是对《生活的艺术》一书的最好诠释。

读《生活的艺术》，像林语堂一样地活着……

我一边随手拍摄身边的景物，一边让思绪任意游荡。当有人喊着"走了走了"的时候，我发现，我们正走在林语堂那巨大的烟斗旁的水泥路上。清风徐徐，空气中依然飘荡着浓郁的柚子花香。

也许，林语堂对柚子花香还比较陌生，但以他的人生态度，他一定会随遇而安，也一定会喜欢。那就让他在林语堂文化园，安静地坐在藤椅上吸他的烟斗，艺术地品味 21 世纪的生活气息，品味这无边的柚花香吧。

甜蜜 "柚" 惑

游惠艺

平和人是有口福的！上苍就是偏爱，愣是把这金灿灿的、月亮一般圆的、月牙般晶莹剔透的、月亮无法那么甘甜的人间仙果赏赐给平和人民。这赏赐如此慷慨！金秋，黄金般的果子金灿灿地撒满平和的每一座山头！而走出平和这块土地，喜欢蜜柚的人也大有人在，种植蜜柚的也大有人在，然而上苍对他们是苛刻的，离开平和的土地，蜜柚就不再那么甘甜，就无法获得正宗的琯溪蜜柚的美味及美誉。

我想，世间最挑食的、口味最刁钻的人儿，皇帝应该称得上一个。然而尝遍满汉全席美食的乾隆来杭州期间，一不小心尝到平和的琯溪蜜柚，即刻赞不绝口，丝毫不犹豫地把它定为贡品，年年奉往朝廷。到了同治皇帝，更是对平和蜜柚念念不忘，干脆赠赐"西圃信记"印章一枚及青龙旗一面，作为贡品标识和禁令。这清朝皇帝比"一骑红尘妃子笑，无人知是荔枝来"的唐朝皇帝有口福，因为树下现摘的荔枝是最新鲜的，纵是八百里加急送到朝廷，那没有当代保鲜技术的荔枝味道也不是最新鲜的。而刚从树上摘下来的蜜柚口感不是最好的，得熬上那么几天蜜柚的味道才最是甘甜，而这么几天下来，贡品刚

刚送达清朝皇帝那儿，他自然能尝到最新鲜最美味的平和琯溪蜜柚。

当年仅为贡品的蜜柚有几人能尝鲜呢？如今的平和人民年年大快朵颐品尝着当年皇帝才有的口福，我们怎么能不说平和人是有口福的呢！

在我长大的日子里，平和蜜柚被列为贡品的故事耳熟能详，但在我小时候，对这样的典故却一无所知。在那个物资稀缺的年代，三餐温饱尚且成问题，吃水果这样的美事实属难得，偶尔能尝上一回苹果，那也是一个苹果切成四份，姐妹各尝上那么一小片，就算得上很有口福了。偏偏我们家有比这更有口福的美事让我们遇上！每年的中秋节是我们最盼望的佳节，不仅因为我们能品得上月饼的美味，更是因为：年年此时长乐的姑妈回娘家做客（姑妈婆家门前有种两株大柑树，每年秋天会结几十个月亮那么大、那么圆的金黄金黄的果子），都会带着两个金灿灿的"月亮果"到我们家来，剥开那棉花似的皮，露出一瓣瓣弯月似的果瓣，轻轻剥开果膜，就露出无数晶莹剔透的小小月牙似的果肉，我们姐妹把这一个个小月牙似的果肉送进小嘴巴，甘甜生津的美味瞬间融化了小小的心田！村里再无别家有这样的口福！那是一年中最甜最美的日子，一年一回，甜在我们童年的梦里，让那贫瘠的童年甘美无比，长乐的姑妈也成了我们姐妹最喜欢的姑妈，这份爱长大后依然不变！那时的我们不知道什么平和抛，也不知道蜜柚，更不知道琯溪蜜柚这些词，然而它的美味切切实实甘甜了我们童年的贫瘠岁月！

20 世纪 90 年代的平和，田地里是种的金灿灿的谷子；30年后的今天，平和的每一片田野、每一片山头全部种上了金灿灿的蜜柚。谷子，平和人民无法把它种成最具特色的谷子。然而，平和人民却把蜜柚这个黄金果种成全国最早出名、最具特色的柚果，让家乡成为享誉海内外的"中国琯溪蜜柚之乡"！靠着这个黄金果，平和人民摆脱了贫困，走上富裕的康庄大道！

每年中秋前后一个月，是蜜柚最甘甜的时候，滚滚的车轮日夜兼程把平和的美味送往全国、世界各地。这人间的仙果，可以让全中国和世界人民都来尽情地品尝。

你无法抵挡它的诱惑！

苏轼曾经写过"日啖荔枝三百颗，不辞长作岭南人"的诗句。然而这是夸海口，真的让他啖下三百颗荔枝，肯定喉咙上火，腹胀难受，夜难成寐得吃酱油助消食了！但是，假如让苏轼一天三餐吃蜜柚，估计他白天吃得舒服，夜晚还做着香甜的美梦！

远的不说，还是说自己家吧！其实很不好意思，这么大的平和每个山头都有蜜柚，然而我们家却不生产蜜柚！话说懒人和勤快的人一样都爱吃蜜柚，我们家每年花在蜜柚上的钱还真不少！中秋节前后一个月是蜜柚最好吃的时节，此时，整个平和人民正享用着这美味的佳果，我们总得把这物美价廉的水果送一些给各地的亲朋好友们品尝吧！多少回听到新朋友感慨："吃到你们寄来的蜜柚才知道，原来这么多年我们吃的不是正宗的琯溪蜜柚呀！"寄给亲友的同时，自家也是天天享用的。

这一段时间，苹果、梨、猕猴桃等水果都不再列入我们家中购买的水果行列，有蜜柚这样物美价廉的新鲜水果，我们干吗去吃别的水果呢！老公是个烟民，历来对水果不感兴趣，然而对蜜柚是个例外！蜜柚上市的季节，几袋几袋往家里扛的就

是老公啦！尽管亲戚朋友知道我们没种蜜柚会往我们家送许多，然而这是不够"日啖蜜柚一两个"的我们家食用的！

在这样的日子里，天天要喝的茶俨然被蜜柚代替！回家正餐还没熟，先掰一个蜜柚吧！老公拿水果刀沿着蜜柚中间划上一圈，掰开，晶莹透亮的果肉就呈现在眼前！先掰几瓣分给放学归来的儿子，儿子口正渴着，来者不拒，吃蜜柚就像吃大米饭一样！虽然大米也是晶莹剔透，却没有蜜柚的多汁甘甜，蜜柚甜而不腻，微微的酸味让人吃了开胃口、长精神，却不会如李子、橘子的酸味让你皱眉、牙酸，吃了再多的蜜柚，也不会牙酸牙疼，更不会上火，只会让人的肠胃更舒服！抽了烟的老公也借此机会解解渴、清清肺。几瓣蜜柚下肚，口不渴了，肚子也不饿了，打开电视消遣一会儿，安心等厨房的美食吧！我呀，也趁着熬汤、炒菜的间隙，嚼几瓣蜜柚。这样的佳果，老人没牙也能吃，小孩嘴馋也能吃，大人们更是想怎么吃就怎么吃！有几人能挡住这甜蜜的"柚"惑呢？

家里来客了，泡茶这道历来必备的程序也被忽略了！陌生的客人，自然是以蜜柚招待，而三天两头见面的熟客，更是直截了当，"直接剥蜜柚就好！茶就不用了！"。三下五除二掰开柚子，人手几瓣，一边聊天一边吭哧吭哧地咀嚼，不必担心塞牙缝，不必担心有吃西瓜一样多汁漏嘴巴的窘相，更不会像一些甜点担心吃了长胖，或一些糖果黏牙或粉状食物呛喉得难受！蜜柚你大可放心吃，没有不良的吃相，吃后也不会有副作用的多余担心，它清肺、通肠道、生津开胃，就是糖尿病的病人也可以吃。

除了在家的时光，我们更多的时间是在单位度过的。蜜柚成熟的日子，单位三天两头有人带蜜柚来。他们一个个都是种蜜柚的行家里手，谈起种蜜柚、卖柚子有着说不完的话，每天聊得最多的是柚子行情的话题。吃柚子这些人更是不在话下，对于天天吃蜜柚度日的平和人来说，不是精品的蜜柚是不会带到单位里来的。蜜柚不能挑太小的，也不能挑太大的，两三斤的最是合适，平底的，黄灿灿的，剥开了薄皮的最是上等！而红肉蜜柚更是蜜柚中的精品，不是红肉蜜柚还不好意思带来。一人拿柚子来，就招呼几个同事一起分享，打边上经过的、来办事的人们也都凑在一起开吃，尽管是日常就有的水果，但大家吃着也赞不绝口："好料，皮薄果肉甘，真正的好料！"

在平和，随处走到一个山头摘一个蜜柚吃人家是不见怪的。采摘蜜柚的人们口渴了，干脆就摘一个蜜柚剥开解渴，这是再寻常不过的事情。一年这么多的蜜柚出产，照例每年都有领导带队去各个省份推销，教大众蜜柚要怎么剥开。每个领导都会演也会说，更会吃，拿根钥匙就可以充当水果刀，削去顶盖，外皮平均分七八刀，剥开就像莲花捧月一样美丽、一样让人眼馋！如果一人独自吃担心吃不完，就可以将蜜柚皮拦腰切一圈，掀开是一个半圆，没吃完的果瓣放回半圆里扣上，又是一个圆，不用担心蚊虫叮咬！推销忙不过来时，赶不上正餐，直接吃几瓣蜜柚充饥绝对是没问题的。

当年关将近，柚子接近尾声的时候，平和人民依然想方设法地挽留这道美味！这时那些次果被充分利用，剥去果肉，留下果皮制成美味的蜜柚糖，解馋、消食、味道好，令人回味无穷！在这样的日子里去别人家串门，主人总会拿出新制的蜜柚糖请你品尝，并津津乐道于蜜柚糖的制作过程，等待客人的啧啧称赞！小娟媳妇刚嫁到平和两年，心灵手巧的川妹子也学着人们制作蜜柚糖。剥蜜柚皮，切成长条，放进凉开水里浸泡几

天，把柚皮中那青涩的苦味全泡出来，过滤、晾干，再加入一些话梅一起倒入大锅中熬制，几个小时的加热，等待汁水将干，柚皮熬成了淡红透明的胶体后再捞出来一天天风干，美味的蜜柚糖就算是真正做成了。第一次辛辛苦苦制作出美味的蜜柚糖，川妹子很开心，一盒一盒地装起来，每天当零食吃，家里来客了就请人品尝，还把这些美味用快递寄回四川，让娘家人也品尝品尝她亲手烹制的美食！

蜜柚的美味说也说不完。如今是蜜柚花盛开的三月，满城飘香。想想秋天美味的蜜柚，现在已经满口生津，嘴馋得不得了。

琯溪蜜柚，慢慢知你爱你

许初鸣

　　在我的心目中，中秋节是仅次于春节的重要节日。每年中秋节，我和家人都会准备好月饼和四五种甚至七八种水果，在赏月时慢慢品尝。中秋之夜的水果"菜单"里，苹果、梨、柿子和香蕉是几乎每年都有的"保留品种"。在 20 世纪 90 年代以前，水果"菜单"里没有琯溪蜜柚。

　　20 世纪 90 年代初一个中秋节的前几天，有朋友送我两个柚子，说："这叫琯溪蜜柚，主产平和，荣获过农业农村部优质农产品奖，很好吃。"我说："我吃过柚子，好几次都发现里面的果肉已经木质化了，硬邦邦的，好像细小的木楔子。"朋友说："琯溪蜜柚是柚中珍品，你吃了就知道，就会爱上的。"

　　这个与人的脑袋一样大而形状也与人脑有些相似的大家伙，果皮呈橙黄色，闻起来有淡淡的清香。我把蜜柚托在手中端详了好一会儿，看样子蛮漂亮，也蛮可爱。但会不会"金玉其外，败絮其中"？我心里还是有些嘀咕。

　　中秋之夜，我在阳台的茶几上摆好月饼和各种水果后，开始剥蜜柚。就像要揭开"宝葫芦的秘密"似的，我小心地剥开这个让我猜测好久的水果。只见里面的果肉晶莹透亮，跟过云

吃过的柚子相比较，果肉要饱满些，果汁要丰盈些。咬上一口，果汁充溢整个口腔，感觉甜中带酸，七分甜三分酸，口感很不错。望着悬挂在苍穹中央偏东的圆盘式的皓月，看看梨形的蜜柚，突然有了一种联想，觉得这种水果外形漂亮可爱，似乎象征亲人团圆、生活美满，在中秋之夜品尝蜜柚是很适宜、很吉利的。我不知道自己的这种联想是太世俗了还是带有点诗意。

后来，我对琯溪蜜柚有了进一步的了解。因为有人告诉我，琯溪蜜柚含有大量维生素 C 和人体所需的微量元素及矿物质，还含有丰富的枸橼酸，有抗疲劳的功效，甚至还具有防癌及抗畸变的功效；从中医角度说，琯溪蜜柚性平，味甘微酸，具有消食和胃、理气化痰、生津止渴之功能。不过，我觉得，吃水果又不是吃药，不必太多考虑有什么食疗价值，好吃就行。我爱吃甜食，蜜柚还是比较适合我的口味的。从此以后，琯溪蜜柚就进入了我家中秋之夜的水果"菜单"。

对于作为文史爱好者的我来说，进一步了解琯溪蜜柚的历史，倒是比较感兴趣。看了一些史志资料，知道蜜柚古时叫抛，平和抛是由出生于明嘉靖七年（1528 年）的侯山第八世祖西圃公培植成功的。西圃公年轻时，在夏天的一阵暴雨后，山洪暴发，他的果园全部被洪水冲毁，只剩下一株倒伏的树。西圃公把这株叫抛的树扶正，再培上土。到了秋天，这株劫后幸存的树结出硕大如斗的金黄色果实，果肉晶莹透亮，吃起来如蜂蜜一般甜，因此后人就称它为蜜柚。后来，西圃公开始扩大种植，因为他的柚园就在琯溪边，所以这种蜜柚也就叫琯溪蜜柚。据西圃公的好友、明朝嘉靖年间平和籍贡生张凤苞为西圃公撰写的墓志铭中记载："……公事农桑，平生喜园艺，犹喜种抛，枝软垂地，果大如斗，甜蜜可口，闻名遐迩……"如此说来，平和县种植蜜柚的历史已经有 500 年了。而到了清乾隆年间，琯溪蜜柚已成为朝廷贡品。最令我感兴趣的是古人对蜜柚的拟人化比喻，说"荔枝为美人，福橘为名士，若平和抛则侠客也"。这个比喻很生动，也很贴切。

虽然钱锺书先生说过，吃过鸡蛋，好吃就行，何必要找到生这只蛋的母鸡，但我吃过琯溪蜜柚还是想看看生长蜜柚的树。有一次，我和几个朋友到平和灵通岩游览，归途中我提议下车去看看蜜柚树，大家都举双手赞成。走上公路边一个坡地向四周眺望，只见一株连一株，一片连一片，漫山遍野都是蜜柚树。树不高，大概只有四五米。树冠是圆头形的，主侧干的区别不明显，枝条伸展下垂。枝叶茂密，叶片是长卵圆形的，比较阔大。树形很漂亮，长势很苗壮，显出勃勃生机。我觉得，自己对琯溪蜜柚又有了进一步了解，那天的心情特别好。

然而，我还不满足。虽然蜜柚是一种果树，它的主要价值不在于观赏，但我还是想看看蜜柚花，因为听说蜜柚花很美、很香。去年春天，我终于有机会领略了蜜柚花的风采。一到种满蜜柚的山坡上，沁人心脾的香味在花朵尖、树梢间、坡地上弥漫、扩展、飘荡。花柄长约 2 厘米，略显弯曲；花萼杯状，有点扭曲；花瓣舌形，围绕花蕊花柱。花色白中带黄。无论其形状、颜色和香气都不亚于杜鹃、紫薇等名花。我想，这大概是因为蜜柚花之美被其果之优所掩盖。

现在，琯溪蜜柚的名气越来越大，而我对琯溪蜜柚的了解似乎与其名气的扩大同步。人们常说，知之愈多，才能爱之愈深。对于琯溪蜜柚，我的了解在慢慢地增多，喜爱在渐渐地加深。因此，现在每到中秋佳节，我都会把琯溪蜜柚作为应备具品列入中秋之夜的水果"菜单"。

甜蜜柚惑

蜜柚，我的另类痴迷

许少梅

每当车行走在平和的乡间公路，随处可见一排排、一棵棵的蜜柚树。不论是柚花飘香，还是硕果累结，蜜柚园永远是让人遐想和向往的地方。

从清乾隆年间起，琯溪蜜柚被列为朝廷贡品，从此，蜜柚不再是普通的水果，而是皇帝和贵族们才能享用的，一般平民百姓可吃不到。

平和人大多都喜欢蜜柚，特别都喜欢种植蜜柚，因为这个朝廷贡品给平和人民带来了翻天覆地的变化，成为平和人民发家致富的好产品，更是平和人民的骄傲和自豪。据不完全了解，平和95％的人家都种有蜜柚，许多平和人在此找到了实现自身价值和创业致富的平台。但也有一些人没种，比如我。可没种蜜柚不代表不喜欢，因为我的喜欢可不亚于种蜜柚的果农，不管是蜜柚山、蜜柚树、蜜柚果，还是蜜柚做出的果汁和蜜饯，我都喜欢，都会让我有一种莫名的冲动和陶醉。

我不仅自己喜欢吃蜜柚，更喜欢向远方的朋友推荐和赠送蜜柚。教他们如何品赏，如何鉴别琯溪蜜柚的真伪，如何从表皮辨别哪种是真正盖着"印章"的琯溪蜜柚，哪种蜜柚皮薄肉嫩味美质甜；我更会自豪地说起琯溪蜜柚的历史、规模和发展情况，仿佛这天下唯有我们的蜜柚最好，唯有我们的蜜柚最棒。

因为喜欢蜜柚，所以带远方的朋友到蜜柚山上去游玩是我最愿意干的事。每当到了果园，车门还没有完全打开，这些如舶来物的男人和女人们就像一群被放生的鸭子，张开双臂，扑腾扑腾地跳下车，飞奔到果园，一起尖叫，一路狂飙，仿佛进入亚当和夏娃的伊甸园。走在山上，泥土的芬芳令人心旷神怡。一棵棵枝繁叶茂的蜜柚，一个个垂吊的黄澄澄果子，让人爱不释手，摸摸这个蜜柚果，瞧瞧那棵蜜柚树，一切都那么入眼，一切都那么新奇，无不让人怜爱。看到朋友们那么兴奋，我更是无比开心。让远方朋友最高兴的是他们可以在这园里尽情采摘，高挂在树上的，低垂在树下的，不论哪一个都是他们的最爱，有的干脆就坐在树上不下来了，边摘边吃边高歌引吭。

或许蜜柚园总有不可估量的天然发酵剂，让人兴奋，让人疯狂。特别是蜗居在城市的朋友们，更是尽情地放纵，他们不仅在蜜柚山里随心地散步，还一路高歌，有时还会占据到蜜柚山的最高点，开始"群魔乱舞"，一会儿是优雅的交谊舞，一会儿是让人捧腹大笑的太空劲舞，完全没把蜜柚山上的山主们当回事，仿佛这天地本来就是他们的，不关旁人什么，也不管立在旁边当观众的蜜柚树们是否翻脸或不爽，那场面直接把蜜柚山主"雷倒"和笑晕。当然，这一堆"群魔乱舞"的"神仙们"也少不了我。

在蜜柚山上自己动手做农家饭是一种享受，也是我又一件痴迷的事。平和很多蜜柚大种植户都会在山上盖几间楼房，既

可放置农具和化肥，也可供自己或朋友临时来食宿。更妙的是，大部分蜜柚山上还都会有一个大灶锅供我们使用。农家饭其实就是原农村生产队的大锅饭，这个迷人的大灶锅仿佛让我们回到了20世纪70—80年代生产队的集体生活。

做农家饭可是我的拿手本领，小时候跟奶奶住在土楼里，而土楼家家户户都有烧柴火的大锅，我经常看奶奶做饭，自然而然不用教也就会了。这种大锅做出来的饭菜特别香，特别好吃，特别是香脆可口的锅巴。每次做农家饭的米、肉等料基本是我们从山下带上来的，把城市丰富的食材带到这绿野山川的柚园，用山泉水让城乡两种特殊的味道有效地融合，在翻炒中进入另一种境界。农家饭需要的柴火蜜柚山上满地都是，特别是被锯下来的干的蜜柚枝，随便捡拾都会有。柴火烧起来了，锅开始热了，可以动手烧火做饭了。除了让人帮忙切肉，其他我都喜欢亲自动手，因为想做出一锅好饭，不管炒菜、淘米、放水、烧火，每个细节都是有技巧的，都得掌控好，特别是火候，更不能马虎，我不想让人破坏我做饭的程序、技巧和火候。

时间慢慢地过去，米饭的香味渗入空气，慢慢钻进鼻孔，客人们忍不住了，可我知道这时候还不是吃饭的最佳时节。灶膛里的柴火在专业目光的观察下慢慢减少，直到明火消灭，农家饭工程才算告一段落。但想让农家饭更好吃，还得继续在暗火中烘烤十几分钟，这样做出来的饭才会软硬适合，香气逼人，特别是锅巴，香脆可口。当打开锅盖那一刻，许多人口水都流出来了，连吃三五大碗都觉得不过瘾，连锅巴都抢着下手。农家饭一般会配上蜜柚园里自己养的鸭子或鸡来做汤，那真是美味绝伦，再炒上几盘房前屋后长出的山菜或野菜，更是回味无穷。

　　饭后蜜柚自然成为桌上供品，这个天然的饭后水果直接在果园里采摘、剥皮、去瓤、入口，鲜甜可口，让人有回归自然之感，还可以消食解油腻。

　　喜欢蜜柚，喜欢蜜柚山，喜欢蜜柚山上的农家饭和盛开的鲜花，反正只要跟蜜柚有关的我都喜欢，包括蜜柚文化。我把柚民丰收的景象撰了词、谱了曲，编成《柚乡欢歌》，在蜜柑节上制成唱片，广为传唱。喜欢蜜柚，把蜜柚文化糅进生命中，写成诗歌、散文，编成小品，让蜜柚的另类生命在我的文笔中延伸、开花、结果。

平和的味道

张 楚

植物有植物的味道，动物有动物的味道，人有人的味道，而城市则有城市的味道。其中，城市的味道最为复杂难言——譬如，我觉得杭州的味道是香樟的气味，不浓烈，也不清淡，或者说，它香得适宜，既不张扬又不卑微。你最好在五月坐于一株老香樟树下，泡盏西湖龙井，然后看着树上簌簌落下的香樟花朵静谧地落在茶盏里，再目视它如何旋转成一朵睡莲。我想，那时你可能才真正了解杭州。北京的味道是槐花的味道，滚滚烟尘中，满眼蝼蚁般奔走的人群中，你忽然闻到股异香，那香气如此浓烈香甜，骤然充盈你的肺腑耳鼻，让你觉得，再浓烈的雾霾都抵挡不了这槐花的赤诚，即便朝九晚五挤地铁，即便租住的只是七八平方米的地下室，这日子也是有盼头有光亮的。而滦南的味道呢，滦南的味道是海风若有若无的腥气，因为濒海，这味道是天然的属性，又因了离海岸线几十里，这腥气又委实不那么明朗，倒有些偷情的暧昧。

那么，平和的味道呢，这座地处福建省漳州西南部，毗邻厦门、汕头两个经济特区，与闽粤两省八县毗邻，素有"八县通衢"之称的平和县城，又是什么味道呢？

它当然是柚子花的香味。平和县有几千万株琯溪蜜柚树，我想这大抵没错。在平和县的那几日，所到之处满眼皆是柚树，再无旁的树木。在林语花溪宾馆，我总是开着窗子睡，无非是贪恋柚子花的香味，为此不得不半夜爬起，满屋子里扑打那不解风情的蚊子。那是怎样的气味？类似玉兰，但不似玉兰那般寡薄，反倒更醇厚铺张。当然，它绝不是忽然袭来侵浸了你，将你熏倒梦乡不知身是客，而是一股一股蔓延拉扯，你的鼻翼刚翕动了几下，它就消失了；在你怅然若失之时，它又蹑手蹑脚地飘过来，充塞沾挂了你的鼻孔与衣襟。彼时我还不曾见到柚子花的模样。翌日雨中，我终于在山顶上窥到了柚子花。香气无非是来自它们小小的花蕾。那花蕾干净如少年，花瓣厚实拙朴如农妇，倒与橘花相似。我想聚斯金德肯定没有闻到过柚子花的味道，不然他肯定不会写让巴蒂斯特·格雷诺耶去收集少女们的体香了。据同行的平和文友说，待到柚子满枝头，漫山遍野都会挂满黄色的"灯笼"。剖开那"灯笼"，瓤肉无籽，色白如玉，柔软多汁入口即融，清甜微酸。清代学者施鸿保曾在《闽杂记》中说："品闽中诸果，荔枝为美人，福橘为名士，若平和抛则侠客也。"平和抛，就是指的琯溪蜜柚。我至今很好奇施老先生为何赞琯溪蜜柚为侠客。不过若以此相喻，这蜜柚花朵的气味，怕是红拂女衣袖间的香气了吧？

它当然也是泥土的芬芳之味。平和县境内，保存相对完好的明清时期的土楼超过 500 座。这些用泥土铸就的房屋，以井为原点，以家族的生老病死、荣耀衰败为半径，勾勒出关于民族秘史和斑驳人性的圆形。平和土楼或散落乡野，或掩映山坳，每一座都拥有着属于自己的传奇。据当地文献记载：世界上最大的土楼——大溪庄上土楼在平和；世界上最早的土

楼——小溪延安楼在平和；世界上最具特色的土楼——霞寨旗杆楼和坂仔熏南楼在平和；世界上最精美的土楼——芦溪绳武楼也在平和。站在土楼的中央，似乎还能听到前朝孩子们的嬉戏声、新妇们的窃窃私语声、老妪们的洗衣声、男人的咳嗽声，或者，公鸡跳上房梁的鸣叫声……这些嘈杂的、沾满了烟火气的声音，统统都被时光消灭了，留下的唯有这些沉默不语的土楼、安然衰败的土楼。大溪庄上的土楼，大部分族人都搬迁到新居，只有零星的一些房间还冒着炊烟，大概是原居民的亲戚暂居。我偶入一家，老婆婆正在夕阳的余光里打瞌睡，两个女孩在打闹，一个男娃搂着猫亲吻，而壮年的妇人正在做晚餐。锅里是只白条鸡，冒着香气，她弯着腰往锅里倒酱油，又用勺子将那香气搅拌得四处流溢。本想再去里间看看，怕扰人安生，只得悻悻然走出。在平和的几日，见了若干座土楼，每一座都隐藏着无数的荣光与历史。可惜的是，可能因为资金有限，这些由泥土铸造、散发着烟尘味道的古老房屋，并没有得到与它们的历史相得益彰的保护和修缮。

它当然更是林语堂文字的味道。我没想到这位"两脚踏中西文化，一心评宇宙文章"的大师，竟是生在平和长在平和，孤陋寡闻如斯难免汗颜。林先生的故居就在坂仔镇的河畔。林语堂这个名字，在我少年时期的梦中曾经无数次闪现。为了买他那本《红牡丹》，我跟在锁厂工作的表姐借了五块钱，骗她说是交考试的试卷钱。那个妖娆寡妇的爱情故事让一个情窦初开的孩子对女人似乎有了更多的了然和憧憬。而那本不知哪个编辑随便编纂的《幽默人生》，则伴随着我度过了难挨的高中生涯。多少个烦躁的不眠之夜，我打开那本书，读着读着难免会大笑。他说，婚姻生活，如渡大海，风波是一定有的，女人的美不是在脸上，是在心灵上；他说，上元须酌豪友，端午须酌丽友，七夕须酌韵友，中秋须酌淡友，重九须酌逸友；他说，据我看来世界上最重要的发现，无论在科学方面还是哲学方面，十分之九是在上午两点钟或五点钟盘身躺在床上时所得到的……他这些闲适、生活气息浓郁的文字，跟同时代的某些大家相较，可能更接近文学的本质、体量和精髓。而文字对于一个异乡少年在生活态度上潜移默化的影响，也是无声无息的吧。那日在平和，在坂仔，在林语堂故居，我在一棵树下闲坐许久。又想到他在台北阳明山的故居，精致豪华，傍海而居，倒也符合他闲散的个性。

除此之外，难道平和就没有旁的味道了吗？显然不是，平和的味道是驳杂的、多义的，既形而下又形而上。不妨说，平和的味道，在白芽奇兰茶的香气中，在克拉克瓷的细腻纹理中，在王阳明的"知行合一"中，在城隍庙的壁画中，在王维身居城隍爷的文化史中，在三平寺的禅意中……

虽离开平和县已月余，然每每念及它，都会是满心的欢愉和惶惑。欢愉是属于怀想的，而惶惑，则是属于夜晚——站在干燥的空气里，看着干燥的月亮，想，何时才能再次踏上前往平和的旅程？

蜜柚情

瓶 子

平和蜜柚闻名东南，只要提到柚子，无不说到平和蜜柚。平和蜜柚皮薄汁多，味酸甜，口感好，很多人对它情有独钟。而我对平和蜜柚更有着特殊的感情，不止因为蜜柚好吃，更因为我的那几个平和朋友。

最早和我谈蜜柚的是我的老同事曾老师，也是我的老大姐。那是二十几年前，我刚到芗城实小，和曾老师同年级，她教数学，为人热情爽朗，对我关爱有加。她家住在市府大院，我住在医院宿舍，相距不远。晚饭后，我常常散步到大院，顺便到曾老师家小坐。中秋前后，曾老师总会剥开一个蜜柚和我分享和我说这是她们平和老家的琯溪蜜柚，清时贵为朝廷贡品，只有在皇帝宴请大臣们时，饭后才得一人一瓣蜜柚，多不了。

接着她娓娓道来蜜柚的历史，当蜜柚贵为朝廷贡品时，被圈种在平和一个叫西林的小村落，寻常百姓莫说采摘品尝，哪怕是想一睹俊颜亦无机可乘。沧海桑田，岁月更迭，昔日皇帝早已驾鹤西归，当年的贡品光环褪尽，丧失了专供皇室享用的资格，却终获自由之身，进入寻常百姓家，蜜柚种植推而广之，从囿于西林一隅，延宕到远近的山野田园，家家户户在屋前种、屋后种，在地里种、山上种。是啊，感谢时代的变迁，使得昔日宫廷珍果而今成为我们寻常百姓家常盘中果。我经常一边吃柚子一边听曾老师讲她的恋爱史，很"罗曼蒂克"的恋爱。曾老师的爱人在省城，她一个人独自带大两个孩子，其中的不易和辛苦难以想象。可曾老师和我们道来的基本是他们甜蜜快乐的故事，她满脸的幸福令人羡慕。后来曾老师到省城追夫去了，她在福州时多次邀请我去她家叙旧，可一直没机会。而今我已经十几年没看到曾老师了，可在曾老师家品尝蜜柚听她谈人生故事成了我记忆中一幅常现的画面，那种单纯温馨时常让我想到她的热忱乐观，深深影响着那时年轻的我。

后来，我的师范同学热情地邀请我去他家，他家在平和琯溪，正是县城。那是我第一次到平和，正是金秋十月，走在街头，看见大大小小的店里都有很多蜜柚，堆成小山似的。平和不愧是柚都之乡！同学家在县城边上的一座土楼，土楼四周尽是蜜柚树。第一次看见蜜柚树，和橘子树长得很像，但不论枝干还是叶子都大了许多。那些果实一个个沉甸甸的，压弯了枝丫，金黄金黄或是碧绿碧绿的，挂在枝下很是引人注目。同学家种了千株蜜柚，我们到了蜜柚地，那气势真的很壮观，置身于绿油油的蜜柚林里，处处散发着清香，清风拂过，香味沁人心脾。抬眼便见那些"黄金果"挂于头顶，举手便可采摘一个，目之所及，处处是丰收的喜悦。同学很自豪地向我介绍蜜柚给他们家带来的巨大效益。20世纪90年代初，能够包山种蜜柚，是较有前瞻眼光的，难怪同学家的日子一年更胜一年。我们在平和土楼住了一晚，我印象最深的是同学妈妈的坦诚平和，那个早上，我们和他妈妈聊了很多，他妈妈温柔平静地和

我们交流着，一边交流一边临窗梳头，一梳一梳，仔仔细细梳顺梳好，将头发盘起来，插上一朵小花，非常有生活情趣。她的眼前便是她们家的蜜柚林，我清楚地看到她的眼神里满是对生活的憧憬和喜悦。这片蜜柚林，正是同学妈妈下决心搞起来的，她的胆识和乐观令我至今难忘。

我的好友娟也是平和人，她没有领我去她老家平和赏柚，因为她住在漳州。不过她平和的老家也种有蜜柚，于是每年国庆总是给我送来一兜兜蜜柚，她经常很谦虚地说这是小小心意，这是家乡最好的柚子，每个拎起来都是沉甸甸的，吃起来水津津的。可不，每次她送给我们的柚子都特别甜，汁特别多。正如娟的为人，厚道实在，素朴芬芳。她会在我最需要的时候给我帮助，二话不说，做了再说。前年，我尝到了平和的红肉蜜柚，也是娟送来的。娟却说这只是新品种，其实口感还不如那些白肉蜜柚，只是为了跟上潮流才种的，相信来年能够改良得更好。她很自信，相信家乡人的智慧和能力。我也相信，好友家的蒸蒸日上，无不证明了平和人的敢于尝试勇于拼搏的劲头。

一晃二十几年过去了，蜜柚一直存在于我的生活中，就如平和的那些朋友，和他们交往的点点滴滴，他们对我的种种关爱，一直萦绕在我心间。蜜柚情，同事情，同学情，朋友情，是我心灵深处中最珍贵的。

满城尽是黄金柚

朱向青

我的老家在素有"世界柚乡·中国柚都"之称的平和，每年四五月，春到了，一簇簇洁白的柚子花也开了。

老家人在这时节是面上含笑的，他们一看这些小白花，便觉得有了着落和依靠。走在弯弯的山道，穿过密密的柚群，他们由树看到花朵，便不知不觉停住脚步，快乐地想起：这样的香气，一朵花儿便是一个又酸又甜的柚子，等花儿散尽，明天一个个该挂在树间了吧？今年准保又是一个丰收年吧？路上碰上了，不管熟不熟，嘴角都掩不住笑意，彼此热络地打着招呼：家里栽了几棵树啊？今年的花都开了吧？即便一阵小雨过后，柚树飘飘落下些白色花瓣，花蕾半绽半开静默躺在了二里，慢慢成泥，多少觉得惋惜，但他们也并不特别着急，傍晚收工回家，面上还是宽厚地笑着，心里依旧笃定地想：柚子花年年都是这样的，有风有雨，才有秋后的累累果子……这样慈善的天，还有什么可抱怨的呢。

小孩子呢，可不如大人沉得住气，每天一早，阿旺家的、阿才家的便揉揉惺忪的眼，你叫上我，我喊上你，跑去看柚子，还是绿绿的，不服气地比比，这一夜间谁家的柚树长高

了，谁家的柚子大点了，不知哪个发现，"呀！阿发，你们家又多出了个小圆圆了！"一阵欢呼，又是一阵慌乱，在大人的吆喝声中偷笑着各自离散……

大人小孩就这样惦记了好几个月，等到秋高时节，秋风落叶，枝头的果子渐渐露出阳光般的色彩，柚子终于长到了大家期待的模样：黄澄澄，沉甸甸，调皮地压弯了树，羞怯地垂下了头！满山遍野尽是金黄璀璨的柚子，家家户户，老老小小都出动了，你提着筐，我带着篓，呼朋引伴，相约采摘柚子去！

柚香飘飘，更是引得八方游客争相前来踏青赏花，而今自助采摘游、浪漫赏花游已成为平和旅游业的又一张闪亮名片，远离城市喧嚣的人们，兴致勃勃地在柚园里采摘着蜜柚，品尝新鲜的柚味，放松身心的疲惫。

尝尝有"天然水果罐头"之称的蜜柚，那是绝顶美味的了。不信，你随手剥开一个，白瓤的，红瓤的，轻轻咬上一口，要多爽口就有多爽口！吃着这样的蜜果，你会觉得连生活都是甜的呢！而柚子即"佑子"，这是吉祥的含义呀，浑圆的柚子，更是象征老家人一番盼望团圆的殷切之意！

"柚香两岸，祖地生辉"，从"养在深闺人不识"到走出国门，琯溪蜜柚演绎了一段扬名中外的传奇。感谢上苍赐给我们这个佳果，感谢老家人民辛勤培育、呵护传播这个佳果！

天道酬勤，只要生生不息，生命便永远年轻。生命，美丽地活在大自然的风景里，也即成了一道美丽的风景——满城黄金。

柚言柚语

110

循着柚香忆外婆

朱向青

又是柚果飘香的时节了。

每到这一时节，老家乡村满山遍野都是密密匝匝的柚子树，树上结满一个个累累沉沉的柚子。思绪常常会随着柚香飘到老屋的墙边。可是我知道，树下，再也不会有外婆忙碌的身影、细碎的脚步、微笑的脸庞、温和的声音。

外婆离开我好些年了。清楚地记得，2004年暑假我去香港探望姐姐，有一天凌晨，电话急促地响起来，母亲在电话里沉痛地说："外婆去世了，你和小丽赶快回来吧。"我的眼泪簌簌流下，姐姐马上请了假，我们当天就赶上了回家的车。

从小，外婆就跟我们住在一起。有一次我好奇地问妈妈：怎么我没有舅舅和姨妈呢？妈妈悄悄说，外公是国民党军官，中华人民共和国成立前跟着撤到台湾，再也没回来。丈夫无音无信，外婆一个人拉扯大孩子，又千辛万苦供我母亲上学，直至大专毕业。这在当时是多么不容易，不知外婆为此吃了多少苦，流了多少泪。

外婆忍着心里的苦楚，始终温和地爱护着我们。妈妈是教师，上班忙碌，外婆就帮着操持家务，每天早早煮饭，洗菜洗

碗。我和姐姐也是她一手带大的。还记得小时候，每次妈妈一说我，外婆就会护着我，冲着妈妈嚷："小孩还不懂事，计较什么呀？"老家亲戚送东西来，外婆都会偷偷给我留一份，至今还难忘外婆塞给我的几瓣清香的柚子，还有外婆在一旁满足的笑脸。又想起大学刚毕业时，我被分配到离家较远的一所郊区中学，外婆每天都不忘给我煮一个鸡蛋，让我带着路上吃。小小的滚烫的一个鸡蛋啊，让我成了同事们最羡慕的人。

然而，外婆却在一天突然摔倒了，因为脑血栓破裂，再没站起来。刚去医院时话都说不出，手也不能动，看着一向勤快总也歇不住的外婆一动不动地躺在那儿，我们无比心痛却又无奈。有一天，外婆忽然艰难地含糊地说："我要回去，把我送回老家去吧。"她含糊却又坚定地一遍遍说："把我送回去吧。"外婆啊，难道在您的心里，始终依恋着那个柚香飘飘的乡村？

外婆回去的那天，我去医院送别。去病房的路上，想起外婆对我的种种关爱，几天来一直强压着的泪水滂沱而出，我是大声哭着进入病房的，把专程来接外婆的表舅、表舅妈吓到了，他们忙问我怎么了，路上出了什么事。我哭着来到外婆床头，握住外婆的手，外婆还是一动不动，她甚至不能伸手摸摸她的外孙女，可我分明看到外婆浑浊的眼角渐渐涌出了两滴清亮的泪珠，她是多么舍不得离开她最疼爱的外孙女啊。

外婆带着我们牵挂的心回去了，妈妈也跟着回去了。不几天，妈妈传来令人欣喜的消息：外婆有了好转，她的手慢慢有了些活力，能略略抬高几许了。大家忐忑的心才稍稍平定。

我开始盼着快点回到老家。在蜿蜒的山路上盘行，路可真曲折啊，道旁坡上一簇簇柚子树群一路伴随我们前进……终于站在老家的圆楼前，站到外婆的身边。外婆依然清瘦，卧床，

柚言柚语

可精神却好多了。表舅妈早就告诉她我们今天要来，因为一早盼着的缘故，外婆的脸上带上了几分喜气。一见我，她挣扎着要坐起，我赶紧上前帮忙，心里又是一酸，外婆的身子变得好轻。外婆的话也清晰多了，她努力地侧身，指着窗外反复说："柚子，柚子。"我抬头，果然，正对着外婆窗台的，是一棵青翠的柚子树，一阵风吹来，树枝轻轻拍打窗棂，柚子热情地一个个点头招呼。我走到窗边，探头一瞧，屋外的柚子树一共有4株，呈"一"字形排列着。据说，这还是曾外祖父栽下的。又一阵风吹过，风里带来些厚厚的泥土和青草气息，还有各种味儿。回头看着靠在床上微微笑着的外婆，我不由心念一动，医生曾断言外婆只有一个月左右的生命，可是外婆却创造了生命的奇迹，莫非是因了这山里新鲜的空气、万物蓬勃的生机？莫非外婆早已知道，她离不开生她养她的大地，终究得回归乡里？

　　这当儿，表舅妈早就下去拿了几个柚子上来，掰开，有红有白；嚼着，口里含香；说着，笑着，屋里屋外，阳光灿烂。一会儿，又见表舅妈端了盆温水进来，说趁着晴天暖和，给外婆擦擦身子洗洗脚。妈妈上前接过，我对妈妈说："我来吧。"我蹲下，端详着外婆的脚，这曾是一双健步如飞的脚啊，为了子女曾奔波不息，可现在，它是那么瘦小无力，毫无感觉地耷拉着。外婆有些不安了，费劲地要把脚缩回，我心痛地轻轻安住外婆的脚，小心地擦着，仔细地抹着，脚趾间也来来回回擦洗了多遍。外婆流泪了，"阿青啊，行了……"我忍住泪，不敢抬头，也笑着答："外婆没关系，快好了。"心底却是阵阵落雨，雨丝纷飞。

　　就这样，柚子结了又摘、摘了又结，花香年复一年。妈妈

在山里陪了外婆几年，我和姐姐、哥哥也在那曲曲折折的十八湾上往往返返。外婆回到老家，度过了她生命里的最后几年，终于走到了生命的尽头，她热爱的大山、树木也未能挽留住她最终离去的脚步。

生命的车继续前行，每年四月份，洁白的柚子花都准时盛开，白色的花瓣散尽，就又到了柚子上市的时节，简单而不张扬，却在简单中透着惊艳。生命的硕果都将这样，历经风雨而茁壮成长，带着深深祝福，带着阵阵心香。

柚香心房

朱超源

又是一年蜜柚飘香，春意盎然的闽南小城，正值柚花盛开的时节，到处洋溢着扑鼻的芬芳。溪畔小区套房的阳台上，小张倚靠着藤椅，静静地听着萨克斯音乐，微微闭着眼睛，尽情吮吸着春天的气息。夜风习习，缕缕清香恣意穿梭，沁人心脾。就着清香，呷上一口热茶，顿感神清气爽，所有的疲倦似乎都已烟消云散。我的来访打断了他的休闲自在，不过他很高兴，说寒夜客来茶当酒，翻箱倒柜地要找一泡好茶与我一同分享。

为我沏上一壶白芽奇兰后，我们的话题也就从弥漫在阳台上的柚香聊起。小张说，弹指一挥间，与蜜柚结下不解之缘一晃就已十几年，这一年又一年的柚香，足以让他为之陶醉，他告诉我说，其实他压根儿没想到挂在山间那黄澄澄的蜜柚居然会改变他的生活，改变他的一切。

小张是一名机关公务员，爱人也在县城工作，女儿活泼可爱。夫妻俩工资收入不菲，平日里生活也算节俭，衣食无忧，一家子小日子过得很是惬意。不过，一段时间以来，小张发现单位的同事在闲聊时，挂在嘴边更多的是：今年的蜜柚花开了

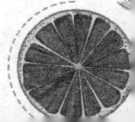

没？花质怎样？去年的坐果率如何？去年的收成咋样……这些名词，对小张来说可都是一头雾水！原来，几个同事率先响应县里的号召开山种果，他们撸起了袖子，卷起了裤管，有模有样地当起"果农"来。起初，小张还对他们有点嗤之以鼻，平日只需待在办公室里，现在却要面朝黄土背朝天，一介书生，拿得起锄头吗？在他看来，这貌似离经叛道的事，他是无论如何也不会去做的。可是，渐渐地，原来日子过得窘迫的小林、小李他们竟然都买起了套房，听说小林还要买小车哩！而他们几个，这两年都做了同一件事——种蜜柚，真是士别三日当刮目相看啊，小张的心里不由得漾起了微澜。

对于选择种植蜜柚，小张说他老爸第一个反对。老爷子说好不容易混了个"铁饭碗"，总算出人头地了，怎么又要走回头路？好说歹说，小张费尽口舌这才说服了老爷子，掏出所有积蓄，并向人借了点，买下了距离家不远的一片柚园，终于也加入了"果农"的行列。对于种蜜柚，他的确是感觉有点不好意思，想当初自己是多么不屑一顾，因此，他给别人的理由就是权当劳动锻炼流流汗。往后，他与大家的交谈中更多地了解到了"碳酸氢铵""多效唑""啶虫脒""甲托布津"等这些平时他听都没听过的词语；渐渐懂得了"春梢""徒长枝""结果枝"等专业术语；也饶有兴趣地尝试着环割、剪枝。他没想到，自己在不知不觉中俨然也成了一名地道的"果农"。每到周末，蜜柚园就可见他们夫妻俩的身影，锄草、施肥、浇水。柚果成熟时，采摘工人当中，他忙上忙下，带路、拎袋，送水、送饭。当一把把钞票推到他们眼前时，小两口有点惊讶，原来汗水也是这么有价值的。他们这一年赚的钱，不但还了向别人借的，而且还买了辆二手的面包车。

柚言柚语

拿到车的当天，小张兴高采烈地邀我一起去外地遛遛。瞧着他喜形于色的样子，我对他的做法有点疑惑：既然要买车，干吗不买辆好的，买辆新的？他憨憨地笑了笑，说车是消费品，代步工具，他现在买这辆车图的是方便、便宜，他可不想把过多的钱投到这里。他还"狡黠"地告诉我，买这车，可以到老丈人家时顺便拉上几包化肥，批发价！原来他老丈人家经营农药化肥生意。这家伙人小鬼大的，精灵得很啊！他告诉我，只要闻着那淡淡的柚香，他就感到一种难以言表的舒畅。

　　自此，小张喜欢上了这夹杂着泥土芬芳的柚香，不仅是他，他的爱人也喜欢。他们有一个共同的目标，就是在县城拥有一个新家，而这，需要更多的付出。

　　买个新家可不容易。这几年，乡镇的经济发展速度很快，尤其有的蜜柚种植大户，每年的收入都在翻番，一心想为自己的孩子创造更好的学习条件，就到县城购买房子。县城的区域不断地扩大，房价也慢慢跟着水涨船高。小张说，房价渐渐变高说明大家的腰包更鼓了，他并不遗憾，毕竟自己是白手起家，但是他一定得改善自己的居住环境，老爷子留下的老宅毕竟也渐渐旧了。他说，柚香总是带给他希望。

　　夫妻俩更勤快了。单位的工作不落下，闲暇之余就往蜜柚园跑，干活的时候以小张为主，爱人打下手，只要是能自己做的就尽量自己做，实在干不了的活才雇个临时短工帮忙。

　　小张说，让他刻骨铭心的是那一次填埋有机肥。连续几天挖了好几百个窟窿，一百来包散发着发酵臭味的有机肥横七竖八地被卸在入园处，小张硬是一包一包肩扛手拖地送到每棵蜜柚树边。近百斤的有机肥扛在肩上，肩膀被压肿了，拖袋子的手被勒红了，来来回回，在园里走了一趟又一趟，由于忙着运

甜蜜柚惑

送，没有及时补充水分，嗓子竟然变哑了……不过，小张一家终于住上了新房，临溪，风景挺好的。

梦想，正不断地演绎着精彩。盛夏，酷热难耐。多年不遇的干旱使园里四处皲裂，蜜柚树有气无力地挺立着近乎干枯的枝干，耷拉着脑袋，那翻卷的叶子几近苍白。手持着水管，小张两口子已经连续在园里浇了几天的水了，夫妻俩晒得黝黑黝黑的，骄阳灼伤了皮肤，热辣辣的，但他们还是咬着牙挺了过来。那一年，受旱情影响，果农蜜柚产量普遍减产，因此，物以稀为贵，蜜柚价格出奇地好，小张大获丰收。那一年，小张实现了第三个奋斗目标——买上了一辆崭新的小汽车。

一年一度的柚香袅袅升腾，孕育着新的希望，小张更加自信地憧憬着未来。虽然他没有向我透露他更远大的目标，不过我相信，他的心房，一定洋溢着那动人的柚香，纯纯的。

向往蜜柚宴

黄荣才

我喜欢吃蜜柚，每逢蜜柚上市季节，几乎天天都会剥柚子吃，咀嚼着蜜柚肉，狂欢的不仅仅是味蕾。只是，仅仅是剥蜜柚吃还不够，其实，蜜柚还有诸多吃法。

去朋友家，看到他把蜜柚剥好了，掰成一小块一小块的，红肉、白肉的都有，晶莹剔透，放在青花瓷盘，悦目之余，很是吸引人，他喜欢把蜜柚肉当菜。他说，刚刚成熟的蜜柚汁液还不是那么丰富饱满，甜中有酸，用这样的蜜柚肉当菜，喝几碗白米粥，利口、舒服。

有比较讲究的，把蜜柚沿中部切开，掏出蜜柚肉，蜜柚皮已成为一个碗。在蜜柚碗中放上一段蜡烛，点燃，就成为蜜柚灯，吃的就不仅仅是饭，而是氛围。当然，如果仅仅是一盏蜜柚灯，那绝对是不够的，更重要的是菜。

蜜柚碗中可以放许多和蜜柚有关的饭菜，把蒸熟的大米饭放各种佐料炒了，出锅前，放进红色、白色、金黄色的蜜柚肉，拌匀后放进柚碗当中，不仅有香气，交错的颜色就很吸引眼球。也可以把蜜柚肉掰成一小块、一小块的，加上奶油，放

119

在白瓷盘，这就是另外一道蜜柚菜。或者将蜜柚果肉弄脆了，做羹，就是可口的甜点。蜜柚肉还可以做成翻糖蜜柚，先将柚肉切块，然后裹上炸粉，放入油锅炸；同时，将各种佐料制作成糖浆，糖浆做好之后，加入炸好的柚肉翻炒均匀，使每块柚肉挂上糖霜，翻糖蜜柚就可以上桌了。至于鸡汁蜜柚肉、柚香炖肉，光听听名字就足以让人流口水。

柚皮是蜜柚宴重要的主角。把蜜柚沿中部切开，掏出蜜柚肉，就成了蜜柚碗，在蜜柚碗中放上调好的蛋花，放到蒸笼上蒸熟，蜜柚的清香和蛋的香味互相融合，滋味如何只有吃过的才知道。或者在蜜柚碗中放上排骨，或者调制好的粉肉，甚至是炸过油的肉渣，蒸熟了，你吃习惯的味道突然多了蜜柚的清香，那种对味蕾的抚慰绝对异于平常。也可以在蒸之前放一点平和特有的白芽奇兰茶，那味道就是蜜柚和白芽奇兰茶的综合，或者出锅以后，弄一点白色、红色的蜜柚肉撒在其中，丰富视觉。

把柚皮去掉外层，那部分比较苦涩，留中间白色的那部分，切成块或者条状，依然有多种吃法。柚皮加白芽奇兰茶炖排骨，炖出的汤那种独特的味道，让许多人喝后总是念念不忘。还有炒蜜柚皮、凉拌蜜柚皮、糖渍蜜柚皮、盐渍蜜柚皮等，考验的是做菜的耐心和火候的掌握。

蜜柚皮最外面那层也不都不入法眼，柚皮烙选的就是蜜柚皮最外面那层，要先将柚皮里层白色棉絮状的部位切除，将剩下来的外皮切成丝，然后用水浸泡，再用开水烫，去掉苦涩味。接着，在柚皮丝中加入白糖、吉士粉、生粉等辅料，拌匀后铺在平底锅上煎炸，最后切块摆盘就是可口的柚皮烙。还有蜜柚叶，也可以切成细丝，炒牛肉或者猪肉，不仅翠绿色吸引眼球，独特的蜜柚香进入肉里，还能让肉的味道饱满、丰富。

　　用蜜柚做的美食还有许多，只要想象力足够丰富，巧手之人可以开发出许多蜜柚的吃法，蜜柚美食的花样层出不穷。无酒不成宴，品尝蜜柚美食没有酒总是感觉略微逊色，那就来一杯蜜柚酒，蜜柚宴喝蜜柚酒，这是其他酒无法替代的，尽管放开喝，喝多了，可以来点柚子茶解酒。如果不敢喝酒，那也可以选择喝蜜柚汁，原汁的蜜柚汁，这是蜜柚的液态吃法，简单直接，但蜜柚的香味浓郁。三月，在吃饭的包厢里放几朵蜜柚花，那香气直达肺腑。

　　酒足饭饱，上一杯柚香奇兰。平和琯溪蜜柚和平和白芽奇兰茶两大品牌融合的产品，是对味蕾的另外一种慰藉。蜜柚上市的季节，到平和，可以让你有一种感慨：没有到平和，居然不知道蜜柚有如此多的吃法。

甜蜜柚惑

柚乡丰年

中国柚王

黄荣才

　　一个地方，大凡被称之为"都"，就是一种高度一种荣誉了，比如"瓷都""陶都"等，平和这个原来默默无闻的福建漳州西南小县，因为琯溪蜜柚，因为那占了全国柚类将近三分之一的产量，拥有了"中国柚都"的殊荣。没有哪棵树能够像中国柚王那样拥有如此众多的子孙。当年的数棵蜜柚母树，如今已经繁衍到 3000 多万棵，而且这数字还在呈动态增长，在平和县，漫山遍野的蜜柚树有一个共同的祖先，这样的祖先也就当之无愧地可以称之为中国柚王。

　　中国柚王在平和县联光村，这几棵从琯溪蜜柚发源地西林村引种过去的蜜柚树，当年仅仅是众多蜜柚树中的几棵，谁知道历史风云变幻，它们成为从一个时代连接另一个时代的纽带，维系着琯溪蜜柚的昨天和今天。许多时候，荣光和责任并没有太多的必然，更多的是偶然，才有机遇之说。中国柚王在联光村的山地上依然蓬勃生长，和普通蜜柚树并没有太多的区别，只不过是枝干更为粗壮而已，正如在人群之中，体现德高望重的标志是那白色的须发。树冠很大，可以遮蔽一方土地，尽管已经有了很长的历史，但柚王并没有垂垂老矣，每年依旧

开花、结果，每棵树每年依旧能够结果数百斤。柚王也就没有倚老卖老地仅仅成为风景，而是继续让人体会丰收的喜悦。

　　这棵从历史深处走来的果树，没有高大的身影，也没有笔直的枝干。如果作为风景，其貌不扬的外表不可能给蜜柚太多景仰的目光。但蜜柚不是作为一种风景存在，而是因为它是果树，所以才在历史的一次次波峰浪谷中留下兴衰起伏的身影。平和县蜜柚种植已有 500 多年的历史，其原产于平和县小溪镇西林村。有关平和蜜柚的最初源头，已经没有什么人能够清楚讲述。即使在西林村，生于明嘉靖七年（1528 年）的侯山第八世祖西圃公在风雨之后的偶然发现，那也已经是平和蜜柚命运起伏之后的拐弯。当年"好农桑"的他在果园里把唯一幸存倒伏的蜜柚扶起来，并用土培好，往后的日子，西圃公发现树枝培土的地方长出了新根，来不及感慨，便把蜜柚分植培育，终于让名果留存。这样的挽救不知道发生过几次，没有人知道，历史总是有许多东西被掩盖，能够被记载下来的微乎其微。我们如今只知道琯溪蜜柚在明朝的时候叫平和抛，到了清代，当时的学者施鸿保《闽杂记》一书说："品闽中诸果，荔枝为美人，福橘为名士，若平和抛则侠客也。"偶然的机会，乾隆皇帝吃到琯溪蜜柚，龙心大悦，就降旨侯山李氏每年进贡百个蜜柚到朝廷。到了同治皇帝又赐"西圃信记"印章一枚及青龙旗一面作为商标和禁令。琯溪蜜柚也就有了盛大的荣光。但这样的荣光并没有一直延续，当年西圃公扶起的那棵蜜柚早已消失，无法知道经历了多少次的兴盛与衰亡，皇家贡品也无法改变蜜柚几近绝迹的命运，蜜柚从多到少、从少到多，历经反复，几度沉浮。

　　20 世纪 60—70 年代，偶然的机会，琯溪蜜柚即将消失在历史深处的背影华丽转身。联光村的这 10 棵蜜柚树突然就"天降大任于斯树"，承载了历史的重任。培育、种植、推广，琯溪蜜柚终于迅速繁衍，在平和的土地上生长、拓展，成为平和地方名果的金字招牌，也成为平和人发家致富的希望树。如今，琯溪蜜柚种植面积 70 万亩，产量 120 万吨，直接产值 50 亿元，涉柚产值超百亿元！琯溪蜜柚保持了全国县级柚类面积、产量、产值、市场份额、出口量、品牌六个第一，这些都是令人激情澎湃的数字。琯溪蜜柚也因此成为平和县最大的"宠物"，让平和县成为享誉中外的"世界柚乡·中国柚都"。2003 年，平和琯溪蜜柚代表中国柚类产品首次出口欧盟；2020 年，代表中国柚类产品首次出口美国；如今，在全世界的 40 多个国家和地区有了平和琯溪蜜柚的身影，每年超过 15 万吨的出口量，让平和琯溪蜜柚几乎占据了柚类产品全部的出口量。

而中国柚王，依然在山野之间淡定从容。也许在别的地方，蜜柚仅仅是众多水果中的一种，给予几句赞扬已经是超规格的礼遇，但是在平和，蜜柚绝对是一种日子、一种希望，是平和的黄金果、脱贫果、致富果、小康果、幸福果，也就难怪平和人已经把它奉上一个高度，顶礼膜拜。"中国柚都"让平和农民把羡慕城市的目光转化为一种延伸、一种融合，进城的脚步在乡村道路上不时响起。与此同时，乡村也不再土里土气，平和乡村的风有蜜柚花的香味，或者柚果膨胀柚枝拔节的声音，以跟进时代的清纯吸引越来越多城里人向往的目光。城里、乡村的那条分界线也如年代久远的书籍，上面的眉批添注逐渐淡化消失，也许哪天，只剩影影绰绰的痕迹了。

站在延寿山上

黄水成

延寿山，平和县城一座不起眼的小山，站在山上俯瞰，县城就尽收眼底了。

由北向南而来的牛头溪把县城一分为二，与由西向东而来的花山溪一同汇入九龙江。沿溪两岸绿荫丛丛，高楼林立，依稀可辨当年旧城风景。

历史上，牛头溪的西北岸叫琯城，东南岸叫龟头城，两城隔河相望。犄角之地的龟头城又有点像牛，闽南话"龟""牛"谐音，龟头城又逐渐被叫成了牛头城。三十年前，琯城还是县城最热闹的商贸一条街，终日人声鼎沸，南来北往的客商川流不息。与之相比，牛头城则是一片无垠的水稻田，华灯初上时，窗外蛙声一片；清晨，夜雨微澜时刻，十里烟波浩渺。中华人民共和国成立后，县城多了一条横贯东西的东风街，把琯城和牛头城串在一起。

后来，牛头城逐渐都种上了蜜柚；再后来，一幢幢高楼如雨后春笋般冒出来，县城重心开始向牛头城倾斜，远远望去，牛头溪竟成了县城的中轴线，溪面上渐渐多了几座桥，紧紧地把新老城区连在一起。县城一下大了，真正变成了一个"城"。

牛头城这边一靓起来，对岸老琯城就渐渐失去了光泽，那一片黑灰色砖瓦房昔日的繁华不再，一幢又一幢大楼把它湮没在夕阳的余晖里。然而，牛头城却先淡出人们的记忆，县城还叫琯城，或许这跟琯溪蜜柚有点关系吧！

远看这里的山山水水，有一种绿在包围你的视野。这种绿来自平和的每一座山头，就是琯溪蜜柚的深翠之绿。把一种果树种满全县的每一座山头，甚至田间地头房前屋后的每一个角落，这在世界上恐怕绝无仅有。琯溪蜜柚原产于花山溪河畔西圃洲地，由侯山八世祖西圃公培育成功，至今已500多年。

可能是历史的偶然，平和籍进士李国祚带蜜柚到杭州会友，这蜜柚刚好让乾隆品尝了，龙心大悦，降旨年进百果。同治还亲赐"西圃信记"印章一枚及青龙旗一面，作为贡品标记和禁令。生长在平和土地上的蜜柚，竟成了北京紫禁城的禁品。可以想象，打上皇权烙印的蜜柚，就只能圈定在那特定西圃洲地里专供专养，就连它的一片落叶也飞不出果园外，更别说长到别的山头上。就因这，它差点在世上绝了种，"农业学大寨"时仅剩3棵。

一夜春风至。20世纪80年代初，春风吹醒了人们的梦想，醒过来的平和人选择了琯溪蜜柚作为主要营生，琯溪蜜柚因此飞出了昔日的皇家禁地，一下绿遍了平和的每一座山头，成了今天香飘四海的名果，这只是天地之巧合？绝非如此，是这里独特的气候环境，是这钟灵毓秀的山水所凝聚的天地之灵气，才孕育出天地间一品珍贵名果。它选择了平和，平和人也选择了它，是一颗种子与勤劳的人民同时选择了这片土地，这片土地上的生命才显得如此生机勃勃。这里的蜜柚如这里的人，这里的人也如这里的蜜柚，默默地向这块土地注入无限深爱之

柚乡丰年

129

情，这种爱一旦有所释放，就能在一夜春风的吹拂下，一夜间绿遍这里的每一座山头，铸就平和成为世界柚乡、中国柚都的辉煌。

读懂了这片绿色的今天与过去，站在山上细想当年的牛头城和琯城，才明白它们其实也是被新绿起来的蜜柚所湮没的。丰收过后，四面八方的柚农们都住进城里来，住的人多了，城就大了。看这城里城外满眼的蜜柚，一座县城变成一座庄园，守着秋冬与春夏，这是多么幸福的图画！

花山溪、牛头溪都是九龙江的重要支流，从这里可以奔流入海。遥想当年的热闹景象：溪上舟橹相迎，岸边万家灯红。从花山溪上游起锚，到漳州月港不过是一天的航程，400 多年前盛产的一种青花瓷器，就从这条河流走向欧洲，走向世界，后来这种瓷器有了一个响亮的名字——克拉克瓷。琯溪蜜柚却晚了一个世纪从这条河流出发，不同的是，一个走向世界，一个走进皇城；一个向世界人民献上自己的精美艺术，一个只为满足一个寡人的口福。把泥土变成艺术是中国人的智慧，克拉克瓷在景德镇外销瓷冷清时应运而生，一下走向兴盛，又随大清帝国闭关自守的一声令下而销声匿迹。与之相比，琯溪蜜柚幸运地躲过了历史的劫难，它留下最最金贵的三颗种子。

在克拉克瓷消失三个多世纪之后，一个烟雨迷蒙的早上，在花山溪上游坂仔渡口，一位求知学子沿着这历史的航道，登上乌篷船到远方求学。从此，他把故乡装在清风明月的梦境里，他姓林名语堂，蜜柚成了他思乡时的一轮天上的明月。如今每到柚果飘香时节，家乡人就会在溪流上放吉祥柚灯。月华如银之夜，蜿蜒的溪面如一条舞动的银河，满载乡愁的星辉，向远方的游子送上最美的祝福！

夕阳中的柚海 "布达拉宫"

梦秋痕

　　那半山腰的小村庄对我一直是个谜，多年来连它的名字都不知道。而它就在回家的路旁，每次回家路过，从山脚下远望，那一排排白房子泛起道道金光，折射到路人的眼中，格外引人注目。

　　记得十年前，这些白房子还不见踪影，一排排都是黑灰色的瓦房，屋后是苍翠的高山，房前是清一色的蜜柚，由近及远，目之所及连成一片，那真是一片海呀！微风拂起，翻着绿色的波浪。一条土路蜿蜒而上，直通山上柚海人家。怎么看，这山腰上的村庄都更像是一座庄园。

　　五六年前，这处山腰上的村庄开始变了模样——这些瓦房渐渐退到时光深处，取而代之是一座座高大的白房子。像是约定似的，先是两座并排出现在东边，后来就变成一排一排的了，整个山腰上的房子都变了模样，清一色的白房子横在山腰上，夕阳中，令每一个路人的目光都匍匐在它的脚下——那柚海中的一道道金光，像是一道召唤，让人驻足，回望。这时，一条水泥路像只长长的胳膊，从山上缓缓伸出来，朝觐之心便有了一条坚实的通途。四面八方的人开始上山，山腰上的神秘

庄园开始变得热闹。原来鲜为人知的高寨村也一夜间成了柚海中的"布达拉宫"，蜚声中外。

而我，踏上这片神秘的土地已是年前的深秋。正是柚果飘香季节，那天，我领着客人上山，黄澄澄的柚子挂满枝头，就在眼前，就在路边，就在摇下车窗的手掌心。这些成熟的蜜柚有盘子般大，多像憨态可掬的脸庞，始终泛着迷人的微笑。那是泥土埋下的密码，一瞬间被心灵所破译，进而获得巨大的喜悦。这些笑盈盈的柚果，从山脚一路把我们迎到山上。

夕阳散淡，这一排排靓丽的新房，还有那掩映在柚海中的小洋楼，显得分外迷人。村庄并不热闹，热闹的是我们这些外来客。那位老阿婆坐在门前择菜，一把荞葱在她手里，日子就变得悠长而淡然。还有那位老阿公，悠闲地坐在竹椅上，眯着眼睛，时光随着他那右脚晃动的节奏，把墙上的投影慢慢拉长。我从两位老人身上看到一个村庄的影子，那是时光深处的列车停靠在一个宁静的驿站。无忧的日子，伸手抬足之间，写尽内心的富足。他们不在意眼前的景致，那些新添的景致不是他们内心的风景，他们的风景停留在皱纹间，停留在过去与今天对比的回忆中。

我们很快消失在老人的目光之外，那是一条下山的阶梯。石板、鹅卵石、竹架棚，顺坡斜斜把人引向柚林深处。无论婺源油菜花还是哈尼梯田，被目光焐热的地方，终究会开出人工的花朵，成为最热闹的景致。

逐级而下，阶梯旁蹲着绿色的一只只"大青蛙"，若有若无地飘出泉水般柔和的音乐，轻音缭绕之下，游人的脚步变得轻快。穿梭在这片柚海中是惬意的——这别致的柚灯，这蜜柚型观光台，这铺满阳光的休息平台，望着那串串压弯的枝头，对着夕阳，再剥个柚子，心情就秋日朗朗了。我计划着在下一个柚花盛放的春日里，悠闲地坐在这里，闭上眼睛，让漫山的香气浸透贪婪的毛孔，让皱紧的皮肤泛起潋滟的笑容。坐在这拐角处小憩，一时浮想联翩。

木栈道、凉亭、悬索桥，眼前是"一波三折"的柚海长廊，这几里长的人造景观处处透出新意，巧妙地延伸到柚海深处，使人轻松地在这片绿色海洋深处漫步。看惯高楼大厦，被含铅的空气包围久了，需要浓浓的绿意来调和，需要这片片绿叶来抚摸，紧绷的日子才得以松弛，才有那么一点诗意。不必反对新景点，只要留得住，必将是明日的历史。多一处观光道，总比多一座冒烟的工厂好，比挖山掘矿好。这条观光道多像一件彩衣的金色镶边，一下把农业与旅游无缝地缝合起来，使这高山柚海深处多了一处无烟工厂。

过去，太多的人挤到城里去，让空气都变得浑浊不堪。高寨人却守着家园，守着这片坡地，从黄泥巴里刨出一片未来，昔日高山"寨子"成了今天的柚海庄园，村庄成了人人心头一处胜地，贫穷富贵都不离弃。迎着夕阳，仰望眼前高寨村，它一下变得更高更大，如坐在云端上的"布达拉宫"，那是多少人共同的精神家园。

把村庄带到城里去怀念，不如回家看看。高寨——让无数的村庄看到未来！

滴答的雨，会暖的风

赖丹津

我的家除了大门面是公路，其余三面都种满了柚子树，一到春天，福利就来啦！

清晨，拉开窗帘，一打开朝南的窗户，暖风携手那一阵阵足以醒脑的柚子花香亲临卧室，轻轻划过我的鼻腔，撩动了我的嘴角，眼前的绿色海洋更是掀起我心中的波澜，时而有那么一两只白色的鸟儿划过，特别养眼。家乡的春天，可谓是一片柚子花海，看着缀满枝头的柚子花，我们知道这是春天的馈赠，更是农民的福音。

柚子树在寒风习习的冬天就要为来年春天做好准备，那就是给自己"剪头发"，而它们的理发师就是它们的主人。在过年前，乡亲们带着各种剪枝剪刀到田里，一棵又一棵地为柚子们剪掉树梢。听剪枝的叔叔们说，冬天修剪，为的是复壮树势，培养优良的结果母枝，等到春天的钟声一敲响，春芽们就开始蠢蠢欲动，萌发得愈加热烈，只要你看得到它那嫩尖出现，接下来的每一天，都将看到油亮油亮的新叶一片又一片地冒出来，与你相视一笑。一眼望去，纯净得像一片绿色的汪洋，特别是在一场春雨过后，那更是人间盛景。

春雨，如柚子树的再生父母，一场及时的春雨，滋润了万千柚子，让柚子们看起来更加有活力，有朝气。与此同时，更是合了农民们的心意，解了他们的燃眉之急。今年春天不同于往年，特别是春雨姑娘，羞答答地躲着不见人，大伙每天都在盼着、想着、寻思着，难道又是一干旱年？

幸好，从天气预报得知，三月初将迎来第一场春雨，于是身边的长辈们在春雨来临之前就奔波于各个化肥店，选购着化肥，甄选着最适合的复合肥等，为的是赶在这场春雨来临时，给予柚子们一次满意的养分。春初施肥，要给予柚子们喜爱的氮肥，其中"化肥尿素"深得民心，可由于国外疫情影响较为严重，外国的化肥生产厂大都停产，而我们国内的化肥支持出售国外，供不应求，过了个年，一包化肥就涨价 20 元出头，一下子加重了成本，但为了让柚子在即将到来的春雨期及时吸收养料，也都选购了尿素等含氮肥。

春雨姑娘终于露脸了，她来到了柚子园，来到了去往柚子田间的路上，与摩托车、运送化肥的吉普车撞了个满怀，更是和身穿雨衣雨裤的农民伯伯们握手合作，使他们在田间撒下那一捧捧肥料。虽然在雨天劳作又冷又累，但在不经意间，又可以从他们矫健的步伐和隐约上扬的嘴角感受到他们对劳作的热情，以及对这场及时雨的感激之情。

春雨姑娘如天气预报所说，来了三天，给了农民伯伯足够的时间，也给了柚子春之力量。暖风扫过田野，让这一片绿色汪洋浪起来啦，让这迷人的芳香更耐人寻味啦！

柚乡丰年

柚之难

赖丹津

　　一捆一捆的消防带在蜜柚园里穿梭，宛如一条巨长的青蛇，看不见头，更看不见尾。原来是农民们怕柚子在炽热的日光中早早牺牲，等不到秋的收获，正在为它们安装"沐浴"设施。

　　记得我们县刚开始种植柚子的时候，是不需要把小小的柚子用包装袋包起来的。那时的柚子可以在树上亮堂堂地展示到成熟的那一刻，我们也可以天天欣赏它们的变化，从又小又绿开始慢慢地变为又大又黄，"柚惑"满满，静候农民们采摘，将它们几个月来酝酿的成果热情地服务于广大人民群众的味蕾。

　　不知什么时候，蜜蜂看不惯柚子漫山遍野的嚣张气焰，前来捣乱。农民们为了守护柚子到秋收，只好见招拆招。在柚子还青得分不清是叶子还是柚子的时候，就用袋子包装起来，以防虫蚊鸟兽的叮咬。然而，这一包装增加了农民们的工作量和成本。这两三年，随着物价上涨，工钱也是一直在涨。一个蜜柚袋一毛多，一个蜜柚袋雇人包起来也得一毛。而蜜柚收购价格的波动却让农民们开始担忧是否要下"血本"，好在秋天有

个大收成。

今年遇到了全球性的疫情，农民们的抗"疫"决心还是很足的。担忧归担忧，但柚子需要农民付诸努力的时候，农民们义不容辞，毕竟柚子荣农民荣，柚子损农民损。最近高温不断，时而降雨就是农民们的福音。最近这一个月以来，一看到天气预报播报平和有雨，农民们都喜出望外。

身处坂仔的农民更是望眼欲穿，眼看着天已被乌云笼罩，南胜下起了及时雨，小溪方向的也下起了及时雨，但坂仔这块土地好像被老天忽略了，只有几滴过客雨。柚子开始抗议，还未成熟的柚子已经蔫了，用手一捏，糟糕——有种凹陷下去的感觉。农民们急得像热锅上的蚂蚁，有的安装了长达 300 米的引水水管，有的雇人载水上山浇灌，有的还在想办法的路上……我也随着母亲加入灌溉柚田的行列中。

靠近我家农田的小溪流已经枯竭，只能到大一点的溪流处抽水。邻居和未婚夫都来帮忙，邻居负责接管引水，缺了什么零件，就派未婚夫速速购买，母亲大人就负责排好消防带，以免哪里折了。终于在下午快五点的时候把水引近了我家的农田。水流灌溉农田的那一刻，嘶嘶作响，好像是泥土在欢呼，庆祝可以饮人间之水的快感。我、母亲、未婚夫三人轮流浇灌，遇到浇不到的地方，我们就拿一个桶提着过去浇，一棵柚子树四五桶水下去，终于看到了土地鲜活的颜色。

眼看天色渐渐暗了下来，晚上估计得打着手电筒浇灌了，我就赶紧回家煮饭，等会儿轮流浇灌也要让每棵柚子树都满足一番，可不能让柚子在夏日里就丢了性命。大姐得知我们在抽水浇灌柚田，带着大外甥提着桶过来分水，只为浇灌那奄奄一息的空心菜。俗话说"巧妇难为无米之炊"，今时今日是"巧

柚乡丰年

农难为无水之作"啊!

手电筒亮起来了,小飞虫看到光亮也跑过来凑热闹。公路这边的柚子终于在手电筒的亮光中浇灌完毕,而公路的另一边还有30余棵柚子树,可消防带经不起过往车辆的碾压,只能另外想办法浇灌——载水。载水浇灌,费时费力,效果还不理想,但这也是权宜之策,希望老天赶紧垂帘坂仔这块土地!

将近晚上八点,能浇灌得到的每棵柚子树都喝了四五桶,母亲说:"要不让水在田沟里蔓延一会儿,毕竟接通一次水不容易。"等到快十点了,我们开始收拾抽水工具。我们先来到溪边,将抽水机熄火,接着开始拆各个管的接口。抽水机上的接口很难拧开,未婚夫让我从他的车上拿出一根空心的铁棍,我很纳闷为什么车上要带这样的一根铁棍,用来打架吗?看来我的"脑洞"有点大了,原来是为了以备不时之需。就此时此刻,利用杠杆原理,空心的铁棍刚好可以卡进接口端的"耳朵",很快就拧开了接口。

接下来,更伟大的工程就是收消防带。虽然在年幼的时候,父母经常在大荒之年拿着数十捆消防带抽水浇灌香蕉田,但我从没见过怎么收。今天,看着有过当兵经验的未婚夫游刃有余地把消防带拉来公路边,神操作来啦——把消防带对叠着放,然后从对折处开始卷,卷啊卷、转啊转,上下手得流畅地对接,收起来的消防带才不容易散架。夏日的夜晚,依然让人汗流浃背,可见柚子整日袒露在大地之间,更是需要水的滋养啊!

这几日,只要走在田间小路上就会听到许多抽水机在疯狂地工作着。在我家抽水灌溉柚田的第二天,听到同村的两个村民竟然相约三更半夜去浇灌柚田。凌晨两点是什么概念?我不敢想象农民为了家里的柚子如此拼命。这两位村民都很朴实，还乐于助人，其中一个就是昨日帮忙的邻居。另外一个邻居的柚田如果要浇灌，水管就得横跨公路，为了避免水管被来往的车辆碾压，于是就有了凌晨两点浇灌柚田的疯狂之举。

　　不管是包装年少的柚子还是浇灌柚田，都是为难农民，但农民毫不退缩。相信：只要初心不改，农民定不负柚子，柚子在秋收来临之时也不负农民。

柚乡年年

今秋柚事

赖丹津

秋天的柚子会"开花"？柚子明明在万物复苏的春天里开遍了平和各个山头的呀，待到秋天，不是应该收成了，怎么又"开花"了呢？

大家一定听过"六月飞雪"的故事，最早说的是邹衍的故事，后来民间将此情节演绎到《窦娥冤》中。《后汉书·刘瑜传》引《淮南子》说："邹衍事燕惠王，尽忠。左右谮之，王系之，仰天而哭，五月为之下霜。"这是一起冤案，后来终于得到昭雪。后人用"六月飞雪"比喻冤狱。而今年的柚子在秋季"开花"就如同六月飞雪，这让柚农们很是揪心。

今年七月，正值柚子急需水来滋养的时候，老天好像忘了特别需要雨水的琯溪蜜柚。于是，高温下涌现了一批批勇夫，夜幕降临甚至是三更半夜，我们路过柚田的大路，依稀可以听见抽水机的声音，仅仅用了五天，把多条小河都快抽干，拼尽全力的柚农怎么也没想到，这番努力还是无法解柚子的燃眉之急！

八月中下旬，老天爷好像又记起我们来了，拼命地弥补七月忘记给的水……挂在树上的柚子们像忍了很久没糖吃的孩

子，突然看到糖，忘了克制，一溜烟"吃撑"了，羞羞地"咧嘴笑"。柚子们这一笑，柚农们的脸可是要绿了啊！我的妈妈因为担心柚子，一天要到就近的柚田两次。一天早上，妈妈特别留意了仅存的黄金柚，透过薄薄的套袋感知柚子的底部，像肚脐眼一样的凹陷处是光滑无痕的。万万没想到，妈妈下午再去，又摸了摸那几个黄金柚的底部，却咧了个口！

八月底，其实成熟的柚子还少，除了水土肥沃之地的柚子可以采摘，大部分的柚子还是需要时间来酝酿。听着邻居们火急火燎地找柚子的买主，我的心也跟着紧张起来。我家的柚田有四处，在邻居的帮助下，也有很多买主来试吃，但都觉得成熟度还不够。还好，有一个买主看上了四处中的一处。往年卖柚子都是四处一起，干脆利落地把柚子们推向市场。今年不同往年，谁都不希望柚子"开花"散落田间，能采则采，先熟先卖。

听介绍人说，和我家柚子同一车的还有两户人家的柚子。而载柚子的车是买方统一安排的，那汽车师傅听到拉一趟柚子得跑三处，还是三家的柚子，拉这一货得过四次地磅，便知道这是耗时不挣钱的苦差事，竟然撒手不干了。汽车师傅这一任性，真是苦了一群人。三户人家安排采摘的工人都早早出门了，谁都没想到突然没车载柚子，买方只能赶紧再安排一辆车过来。采摘工人采摘完，把柚子挑到路边，等车来装，这一等，上午 10 点就能完工的活被硬生生拖到了下午 1 点。另外两户人家的采摘工人就拖得更久了。

我站在刚采摘过的柚田边上，看着躺在田里的那一个个"笑开了花"的柚子，一下被"辣"到了眼睛，心里特别不是滋味。有的柚子树下掉落了数十个柚子，这是什么概念？一棵

柚树上一般只有三四十个柚子，对柚农来说真不是好事。毕竟这才刚刚开始采摘，那"吃撑的柚子"不在少数。再次回眸，那躺着的"柚子花"竟然没有一个是含苞待放的，个个都是"盛情怒放"，只是在掉落的那一刻，它们的命运也只能是招惹蚊虫的袭击，直至腐化。

说到果实，我想，每个成熟的果实最好的归宿是完成使命——满足人类的味蕾，感受人类嘴角上扬的同时光荣地结束自己的生命！今年，虽然天公不作美，但还是希望柚子不再"开花"，果园里的所有柚子都在这个秋天完美谢幕。

隔壁农资店的邻居，他家的柚子已经被高价定走，但还没采摘，经常看到他骑着摩托车出门，打探各路柚情消息。一到晚上，他的店里总是坐着许多柚农，讨论各路行情，每每谁家卖了柚子，都会拿一个到他的店里品尝，我也成了其中一个。现在能被看上出售的柚子，都是早熟的佼佼者，别看它们的个头小，但里面的水分足以满足我们挑剔的味蕾。

说了这么多今年的柚子难处，我的神经一直紧绷着，看官你也是吧。那就让我们轻松一下，随我来，让我"柚惑柚惑"你。

在品尝柚子之前，可以先让柚子可爱一番。每年我都会组织孩子们进行一次"柚子作画"。柚子也欣然地接受我们在她身上动刀、动笔。让我们的生活多一次大胆创作的机会吧！

剥柚子的方式各种各样，短视频平台里一搜，花样特别多。而我更喜欢无规则开剥，直接用指甲先划一个口子，然后慢慢地用手指滑进瓤层，外层剥开，我们就可以看到十几个兄弟抱团取暖。嘿嘿，我来当个小坏蛋，大拇指划一划两瓣之间的缝，用力一掰，一分两半。来啦，激动人心的时刻来啦，撕开薄薄的内膜，我们就会看到饱满鲜活的果肉，送一口入嘴，清甜醇蜜，心里美美的！

看到这里，是不是想去超市买来试玩试吃一下了呢！如果还不够有诱惑力，那我们再来唠唠柚子的营养价值。中医认为"琯溪蜜柚性平，味甘微酸，具有消食和胃，理气化痰，生津止渴"等诸多功效，对气滞腹胀、痰多色白、咳嗽喉痒、消化不良、便秘、醉酒等，都有显著疗效。写到这儿，我都谈"柚"生津了，你呢？

最后，我要向柚子表白：我爱你，亲爱的琯溪蜜柚，接下来的日常水果首选就是你喽，毕竟自家的不计成本！愿还在树上的你们坚强，度过这不同寻常的一年，留下自己的芳名在人间。

家有蜜柚初成长

饭后散步

平和琯溪蜜柚距今已有 500 多年历史，在清朝乾隆年间被列为朝廷贡品。自古至今，不仅有文人墨客宣扬之，在老百姓的口中更是佳言不断，一来味香色绝，二来产业收益。

想想我家种植蜜柚的时间，算是很晚了，是去年年初开始栽培的。这也是有某些特殊原因，最大的因素莫过于父亲从生意战场上打道回府。然，亲眼看到乡亲们靠种植蜜柚来带动自家经济效益时，收获颇丰，父亲内心又燃烧起一个新的追求目标，向蜜柚发起了"丘比特之箭"。

于是，父母便再次戴上斗笠，扛起锄头，手握镰刀，默默无言地劳作，披星戴月。从在野草丛生的半山坡开辟一片柚园天地，到田地里铲起每一个鼓起的"小土堆"。这一座座"小土堆"因地势略高，听说是为了保护刚种植下去的柚苗根茎在下雨天不被雨水过度浸泡或在撒化肥时其肥料不易被雨水带走。当然，还有就是能有效地远离一些杂草的"干扰"，使柚苗在前期能较快地根深蒂固，等等。远望好几百个"小土堆"依次铲起，父母亲每一个弯腰的动作，每一滴流下的汗水，都承载了太多感情，难以用文字叙述。

"小土堆"完成了，父亲便委托熟人购得正宗柚苗。春天里，柚苗一棵棵地被种在对应位置的"小土堆"里。之后便是喷农药、撒化肥之类的，反正有忙不完的农活。柚苗就像自己的亲生宝贝，需要父母的百般呵护，容不得一丝马虎，否则一不小心就会"生病"。

　　时间一点一滴过去，柚苗渐渐成长。去年国庆节回家，父亲交给我兄弟俩一块山上铲除杂草、修整水沟等任务，让我们年轻人再次体验农活。虽然只有几天的时间，但我的手上也起了泡，不过我似乎恋上这种劳动的滋味了。言谈中，父亲微笑着对我们说，哪个地段的柚苗长势漂亮，另外的生长比较劣势原因是"无够功"（闽南语），有的却不知不觉地枯萎了。我说："这些都顺其自然吧，也不要干得太劳累了。"父亲又接着说："明年赶集时，把死去的柚苗清除掉，改换成最上等的柚苗品种，到结果时候能卖个更好的价钱。"

　　站在山顶上远眺，一山又一山的蜜柚园林尽收眼底，绿绿葱葱，生机盎然，景色迷人。每天的春天，便是蜜柚花绽放的时节，其香味更是陶醉了前来观赏的旅客。如今的平和琯溪蜜柚早已形成一种品牌且具有自己的商标，其知名度也得到了认可。每年的出口量更是大幅度上升，远销全球各地，得到了世界人民的一致好评。想到平和琯溪蜜柚拥有这么多美誉，心中便想，父亲种植蜜柚值得。

　　蓦然，电话铃响了，是父亲打来的电话。我问今天又干吗去了。父亲说，上山除蜜柚旁的杂草了。我逗父亲玩，说了一句："你每天上山干这些活会不会很没意思呀。"父亲说："如果在家没有种蜜柚那日子不知道怎么过了。再说，过三四年后，卖个好价钱，你们的养老负担也会减轻点……"我淡然地

柚乡丰年

145

笑了笑。

家有蜜柚初成长，她是全家人的牵挂，更是父亲全新的追求目标，希望她健健康康成长，收获丰盛。当然，这也是全体种植蜜柚的乡亲们共同的心声。

又是一年柚香飘

江惠春

第十二届平和蜜柚节开幕那天，儿时的玩伴从微信传了视频过来，顺带一句："柚子准备好了，还不回来!"一句话，就让心底的感动爆棚。年年柚子飘香时，好友都会帮我准备些柚子，并隆重包装速递给我。而我年少时随父母搬离故乡之后，故乡的影子，就定格在十来岁时的记忆里。

人生的路，有些恐慌，源于未知。那一年，刚走进这座城市，最开始，也是最艰难的时候，我曾站在十字路口，忽然间，眼泪就掉了下来。搬离了，就像风筝断了线，眼睁睁看着故乡在这一头，而我攥着线，在另一头飘摇不定。冰冷闪烁的红绿灯下是匆匆而过的行人，没有谁会在意一个十几岁女孩内心的荒凉与落寞。那种无能为力的感觉，一直铭记在心。

走过了那段迷茫落寞的青春期后，开始忙于各种凡尘事务，甚至在一段长久的岁月没有再踏入故乡的土地。父母在这座城市相继退休，退休后的父亲常常念起故乡，那是他曾经"叱咤风云"的地方。在那个计划经济的时代，许多人有目共睹他创下的辉煌业绩，这些业绩，在他光荣退休后的日子里，在他回老家的时刻，总会让他心潮澎湃。父亲非常好客，老家

的亲戚来城里办事，父亲都会邀他们到家里吃饭喝茶。事隔多年之后，他们与父亲说起家里边的山水草木，父亲皆了如指掌，这些已深深融入了父亲的血液，浸透了他的情感，他的根在那里，他的心也一直在那里。

在忙忙碌碌若干年之后重新开始往返故乡。此刻的故乡，四面八方已有新的拓展与建设。面对着一条条崭新的路面，忽然有了手足无措的感觉。那种情景，与初入城市那年的情形何其相似。唯一不同的是，站在故乡的土地上，没有恐慌，甚至在无措中埋藏着一丝欢喜之意，那是回家的感觉。对于父亲的故土情结，也是在那一刻，深层顿悟。

不熟悉新开通的道路走向，同学用微信位置发送过来她店里的位置，笑揶我回家不识家乡路。同学初中毕业后就嫁作人妇，现在已是车行老板娘。还有些同学这些年种了蜜柚而发家致富。总之，留在故乡的玩伴们，大都过着富足安逸的生活。故乡的山水，怡养了他们闲淡的性情。故乡在他们的眼里，是日复一日的周而复始，对我，却还是离家时的样子。当年的那个小姑娘，手心里始终攥着线，只是为了寻找飘飞的风筝，成长的足迹，在找寻的过程中有了清晰的脉络。于是，常常会想：如果当年我一直留在故乡，现在又是怎样的一番光景呢？是在故乡这个小城里，随着日升月落碌碌无为，抑或生了一对可爱的孩子，儿女绕膝，做个安逸的主妇，享受这个小城的平淡生活，大抵，一辈子的时光，就这么轻轻跃过了。有时，也不失为一种幸福。

故乡，在人们的眼里，是出生和成长的地方。随着年龄的增长、视野的拓宽，故乡就成了渐行渐远的风景。离乡的人，都曾在陌生的城市一路风雨兼程寻觅着，有些甚至披荆斩棘而

柚言柚语

过。最后幸运穿越的，在城市里有了属于自己的一席之地。重回故乡时，不是不记得曾经的惶恐和疲惫，当所有的一切经岁月历练之后，你是带着新生活的光芒寻根而来。哪怕也有过不情愿"被迫"离乡的情绪，也早已烟消云散。正如此刻，又是一年柚香飘，我回来了，你呢?!

柚乡年年

149

"业余柚农"

林丽红

又是一个蜜柚成熟丰收的季节。

入秋的周末，和先生一起上山，看着满园挂在树枝上的金灿灿的蜜柚果，它们已于中秋节前被采购商定下价钱并将择日采摘。想着又将有一笔不错的收入，心里也如蜜一般甜滋滋的。

20世纪90年代初，平和县委、县政府以红头文件的形式，鼓励全县干部带头上山开荒种果。当时，先生刚刚大学毕业分配在一所中学当教师，响应号召，买了一块山地，种植了300多株的蜜柚树，从此开始了他的"柚农"生活，每逢周末和寒暑假就把大部分时间花在山上打理柚园。

我和先生结婚那一年，蜜柚树刚刚长到可以投产。当时，我们一个人一年的工资总额不到一万块钱，可是，我们卖柚子赚到的已经不止这个数了，这岂能不令人欣喜若狂？如果单靠那点微薄的工资，无论再怎么省吃俭用，一年下来也不可能存到一万块钱的。我们把每个月节省下来的钱用来购买柚园所需的化肥农药和支付雇佣农民工的工钱，回报比存进银行可观得多。所以，我们把柚园称为"绿色银行"再贴切不过了。

几年后，先生离开教育岗位调到行政部门，工作开始变得繁忙起来，周末加班是常有的事，寒暑假又自然地随着调离教师岗位而消失，上山看一次自家的柚园都不容易了。从那开始，我家的柚园就由在山脚下村庄经营化肥店的弟弟全权负责。每到蜜柚管理的作业时间节点，他都会按时请有经验有责任的村民帮忙搞定，过后再告知需要支付多少肥料钱和工钱。弟弟在村里开化肥经销店多年，做生意从不违背良心，对待村民也从不计较小钱，所以在村里口碑很好，而这也帮助了我们。因为蜜柚管理需要作业的时间节点是相同的，农村家家户户都种柚子，农民要把自家的活先忙好了才做别人的。这样一来，像我们这些没时间干农活或不会干农活的干部们要请工人还真是要靠人缘或老老实实地排队等候。而因为弟弟的关系，我家的柚园在雇工方面总能享受到优先的待遇。

　　在当时县里的政策鼓励下，平和县大多数干部家里都或多或少地种植了一片柚园，我们家其实只是其中的一小分子而已。而这个群体的成员多数是在校园工作多年后直接进入干部队伍的，他们虽然大多出身农村，却因为离开田地太久而不会干农活，所以，干部对果园的经营模式其实主要在于投资而非劳作。他们当中，大多是把蜜柚种在老家，然后委托仍在老家务农的亲戚朋友帮忙管理；如果是在异乡租地种柚，就在果园附近物色可靠之人，在柚园需要进行除草、修剪、环割或者施肥、喷药等之类作业的时候，只要给对方一个电话，他们就会帮忙搞定，你要做的就是及时地把工钱付了。也有部分果园规模较大的，索性在山上搭建房子，雇用专人负责每个管理环节的组织实施。

　　在平和蜜柚产业发展进程中，在对蜜柚果园的经营管理

柚乡丰年

151

上，干部和农民形成了一种良性的互动和互补关系：干部每月节省下来的那一部分工资不再存进银行，而是投到果园；农民在忙完自己的农活后，利用自己的体力和农业技术为干部的柚园干活挣钱，然后，用挣来的工钱换取自己柚园管理所需的化肥和农药，这样，在收获的季节来临时，他们的实际收入就大大增加了。因此，平和有不少农民也就非常富有，他们到县城甚至到漳州、厦门买房时比工薪阶层更受欢迎和厚待，因为口袋有钱，他们通常会选择一次性付清房款，房产商当然最喜欢这样的客户。

所以，在全国柚类种植第一县平和，那些拥有大片土地又专门从事蜜柚种植管理的农民被亲切地称为"柚农"，我们也幸福地分到了一杯羹，成了幸福的"业余柚农"。

柚花香里说丰年

林丽红

　　春联里有一句常用联语叫"桃李杏春风一家"，说的是春天里桃树李树杏树争相开花，争奇斗艳。可是，在闽南平和，有一种花可以毫不费力就把上述的"春风一家"给比下去，这就是平和琯溪蜜柚的柚花。柚花为纯白色，花瓣似玉兰花，散发出类似兰花的香气。

　　平和县素有"中国琯溪蜜柚之乡"的美誉，从20世纪80年代开始，当地县委、县政府"咬定青山不放松"，充分发挥山地和农业资源优势，大力推广种植名优农产品琯溪蜜柚，发展绿色产业。全县种植平和琯溪蜜柚超百万亩，年产量超百万吨，创下全国县级柚类种植面积、产量、产值、市场份额、出口量等多个第一，成为平和县第一个获得"中国驰名商标""中国名牌农产品"的农业产品，各种市场荣誉多到数不过来，平和也被誉为"世界柚乡·中国柚都"。琯溪蜜柚作为一种名优水果产品，已经成为平和县的支柱产业，成为平和农民的致富果。而每年春季，到平和踏春观赏柚花也已经成为平和生态观光旅游中重要的一环。

　　试想，在平和大地上，春暖花开的时候，100多万亩蜜柚

林千树万树柚花齐开，只要你踏进平和大地，就已经置身于花海之中了。在这样的季节里，来到旅游资源十分丰富的平和，远离城市的喧嚣与繁杂，徜徉在洁白清香的柚花海洋里，或探寻历史悠久的土楼文化，或感受世界文化大师林语堂深情描述中的故乡山水的性灵，或到千年古刹三平寺领悟禅意人生，或登上堪比庐山的灵通山静静观看日出……这，难道不正是一种心灵与性情的洗礼吗？

清代学者施鸿保《闽杂记》载："……闽中诸果，荔枝为美人，福橘为名士，若平和抛则侠客也，香味绝胜……"如今，这个"果中侠客"为平和人民带来了极大的效益。蜜柚作为一种原始状态的水果，为广大平和人民过上好日子提供了坚实的经济保障。可是，对于平和县委、县政府来说，发展蜜柚深加工，延伸产业链，提高产品附加值，才能切切实实为一方经济的发展与飞跃带来效益。目前，平和县已成功研发出蜜柚花茶、蜜柚汁、蜜柚果胶、蜜饯、柚皮糖、蜜柚酒等系列产品。当人们品尝到陈列在各个市场和柜台里琳琅满目的以蜜柚为原料的系列产品，并啧啧称赞时，这时的平和琯溪蜜柚就不再只是"果中侠客"，而应该提升为"果林盟主"了。

蜜柚农具

林国华

20 世纪 80 年代，平和县小溪镇西林村琯溪边有一株神奇的果树，经过县农业局果树专家的鉴定，定名为琯溪蜜柚，琯溪蜜柚因果大、味甜、皮薄、汁多、果肉化口、耐保存而被评为名优水果。专家们经过科研攻关，应用各种技术手段，培育出成千上万甚至几亿株苗木，在县委、县政府的大力推广下，平和的大地上种植了 70 万亩，产量 150 万吨，涉柚产值 119.6 亿元，蜜柚成为平和县的支柱产业，蜜柚树成为名副其实的致富树。

40 多年过去，回想蜜柚种植的历程，蜜柚产业的辉煌离不开平和人民的吃苦耐劳、攻坚克难。蜜柚农具的发明创造更体现了平和人民智慧和精益求精的工匠精神。

2010 年，来自平和县小溪镇的蔡先生在五寨乡联盟村选取了一片近千亩的山地，作为种植蜜柚的果场。半年的时间里，几台大型挖掘机在山头轰鸣作响，一垄垄依照等高线整出的梯田在师傅的操作中完成了。巨大的蓄水池、农药搅拌池，自来水、农药管网铺设到田间地头。随后，几万株蜜柚神奇地出现在这一片山地上。这些设施的使用，都应该感谢现代农业机械

带来的巨大变化，这是 20 世纪 80 年代平和果农无法想象的。当年他们仅仅依靠锄头、砍刀、喷雾器、果树剪这样简陋的工具，就开荒种柚。果农们起早摸黑，胼手胝足地在山上开荒，一天也只能开垦几十平方米。随着农业机械的发展，蜜柚农具出现日新月异的变化，不仅减轻了果农的劳动强度，而且大大提高了劳动效率，逐步向现代化迈进。挖掘机到哪里，宽阔的路面就出现在哪里，一层层宽阔平整的梯田就出现在哪里。

　　柚园杂草丛生是柚农十分讨厌的烦心事，农民不是用刀割，就是用锄头除，或者用除草剂把杂草杀死，这样不仅不能保持水土，还会给土地造成长期的污染。现在采用电动割草机，所向披靡，一台机器顶得上 5 个人的工作量。不仅除草，还为果树提供绿肥，保持了水土，可谓一举多得。

　　修剪果树，传统的果树修剪刀刀口硬度低，操作力度大，几株蜜柚修剪下来，手关节酸痛，手掌起泡。随着技术升级，根据人体构造需要对果树修剪刀刀柄进行修改，套上塑料外套，使用精钢，操作起来就轻松多了。再后来，使用蓄电池驱动剪刀，以减轻手指把握力度，可是第一代蓄电池电动剪刀比较笨重，得装在背袋里用电线连接剪刀，虽然减轻使用力度，但是长长的电线给在树上的操作带来许多麻烦。现在使用的第二代电动剪刀采用锂电池装置，直接把电池装置在手柄上，轻便灵活，工人操作自如，得心应手。

　　施肥是果树栽培重要的一个环节。以往都是靠人工挖坑、撒肥、掩埋来完成，现在采用小型挖掘机挖出一尺多深的垄沟，撒上各种肥料，然后用机械覆盖，省时省力效果好，又提高了肥效。

　　现代农业利用科技手段对土壤进行测试，推行测土配方施

柚言柚语

156

肥，实现精准施肥、均衡施肥。五寨乡优美村有一户果农根据果树生长需要，在蓄水池里把肥料溶解，调配好溶液的浓度，用增压泵把肥液加压输送到果园里，采用微喷灌水肥一体化技术，喷洒到每一株蜜柚，使每一株蜜柚都得到充足的营养。要是遇上干旱季节，微喷灌技术又派上用场，果农可以根据需要随时选择喷灌或者滴灌，保证蜜柚水分的吸收。

文峰镇龙山村的柚海中，柚农利用禽畜规模养殖场产生的沼液，借助山地高差，采用自流式沼液施肥一体化、微喷灌溉技术，在柚园高处设置两个大储蓄池（一个滤液池，一个清液池），沼液运输到项目区后，先储存到滤液池，经沉淀过滤后流到清液池，再通过管道网输送到柚园，利用沼液进行施肥，既可以减少禽畜养殖对环境造成的污染，又可以化废为宝，当作有机肥，提高柚果的品质。

喷药除虫是果树的安全保证。早年的果农都使用压杆背负喷雾器，又重又累，一天喷不了几株；后来农机人员推出踏板式喷雾器，提高了喷雾力度；再后来，又推出蓄电池背负式喷雾器，喷雾效果又得到很大提升；现在，果农大多采用机动喷雾器，由柴油机、汽油机或者电机带动，果农配好药液后，发动机器，把药液源源不断地通过管网送到柚园，几支喷枪可以同时工作，强大的压力使药液充分喷洒到每一株果树上，除虫的效果充分体现。

最神奇的是轨道搬运机，它像一条长龙游走于果园里，帮助果农运送肥料、蜜柚。

小溪镇联光村金面山 10 多亩蜜柚园安装了 6 台套轨道搬运机，轨道总长 1300 米，蜿蜒盘旋在蜜柚园中。柚农们再也不用肩挑背扛、气喘吁吁地搬运化肥和柚果，直接把货物装载

到轨道机上，开动机器，游走于柚园，轻松自在地把货物运送到需要的地方，就好像小孩驾驶着卡丁车，在蜜柚园中玩耍。当年我在电视上看到以色列工人坐着椅子采摘西红柿，把果实装在货筐里通过轨道机运到仓库收藏，感叹犹太人的智慧以及他们发达的农业科技，没想到几年过去，我们也跟上农业现代化的脚步，跨入科技大国的行列。

1964 年，周总理在三届人大一次会议上提出，要在 20 世纪末基本实现农业、工业、国防和科技现代化。如今老一辈革命家的伟大构想已经逐步变成现实，广大农机工作者正苦心钻研，发明更先进的农业机械，那些实用、智能蜜柚农具将给广大柚农带来意想不到的惊喜。

柚言柚语

金秋丰年蜜柚节

杨文蓉

珰城风光好，四季美如春。青山环绿水，千里抛花香。

择一城终老，携一人白首。来吧，来我们的"世界柚都"平和，这是一座闻着风便能安然入梦的小城。洁白如雪的花朵，墨绿如翡的叶脉，橙黄如金、酸甜可口的果实，这就是著名的平和蜜柚，是这座城池中一道最亮丽的风景线。

闲适平和，闲适的生活，住在这里，可以让你的生活如柚子花开般美好温馨，可以让你的日子像果汁般香甜如蜜。朝来暮去，你可以漫步在清澈如镜的花山溪畔陶冶情操，可以在四季如春的诗情画意里安度流年，你的生活步履会像蓝天上的白云般悠然自在。这，将会是十分美妙的一种人生。

秋风展开了丰满的双翼，用金黄色的色彩，熏染了千山万水的景致。每年的九月份，这里层林尽染，张扬得一点都不含蓄，叠翠馏金，没有哪一种颜料能调出如此浓烈的色彩。一场小雨过后，山风带着清新的泥土气息和熟透的水果香味，在微微干燥的空气里飘荡，让人格外舒畅，这是平和县特有的一种香氛。

在我的孩童时代，蜜柚在我的印象中就是普普通通的一种

柚乡丰年

159

水果树，柚果只是一种寻常的充饥食物。随着时代的进步与发展，人们的生活日渐走向小康，养生意识成了老百姓餐桌上的主要话题。追溯到古代，被先人称为"抛"的琯溪蜜柚，在清乾隆年间被列为朝廷贡品。素有天然"水果罐头"之称的平和琯溪蜜柚，可以说全身都是宝，富含大量的维生素C、各种微量元素等。柚子不仅仅是鲜果的美味，还可以被深加工成种类繁多的美食产品，果茶、果汁、果脯蜜饯、软糖蜜饯、柚子酒等。

这时候的琯城，似乎是用金灿灿的黄金垒成的，漫山遍野的黄澄澄的柚果在阳光下闪耀着绚丽诱人的光芒。果树上，一个个黄澄澄的果实像一个个憨憨的金娃娃，挂在枝头随着微风摇头晃脑，等待着人们的采摘，淡淡的果香飘向了天边，传过了海峡。

"一年一度秋风劲，不是春光，胜似春光。"一年一度的蜜柚开采仪式是果农的大日子、好日子，盛大的平和蜜柚节也随之如期举行。一时间，整个平和小溪县城张灯结彩，隆重得堪比过春节。宽敞整洁的大路两边彩旗飘飘，像一排排列队迎接的明媚少女，夹道欢迎漂泊的游子和远方宾客的到来。马路边，四季常青的高高树枝上挂满了精巧的红色灯笼，喜庆又热烈，红红火火，彰显着圆满与富贵。

飞燕传书报喜讯，奔走相告盛装来。朴实好客的平和人，早早地就向外地的亲朋好友发出了热情的邀请，宾客们如潮水般一波波地向平和涌了来。这一日，消息灵通的全国各地的客商、小贩们，闻讯纷纷带上各自的商品早早赶来，亮出拿手的本领，自然地形成了以美食、百货等混合的一条街，空气中弥漫的美食香味甚至盖过了蜜柚的清香，商家的吆喝叫卖声和着空中盘旋的音乐，此起彼落，熙熙攘攘，好不热闹。这时候，我们的交通警察化身为一个个出色的音乐指挥家，指挥着一场大型的音乐会，他们指挥的手势是那么流畅、自然，演奏的曲目是人民安全的乐章。

在宽阔的广场上、马路边，人们用积攒了一年的热情，发挥最大的创作想象力，用一个个黄澄澄的蜜柚，摆出各种各样的造型，姿态万千、新奇独特，更融入了琴、棋、书、画、诗、酒、花等中国元素，美不胜收，引得游客们纷纷驻足观望欣赏，赞叹不已。这时，一双眼睛显然已经不够用了，唯有用手机与相机，来记录下这些唯美的艺术作品。

你听，那欢腾着整个柚都平和的音乐声又响起了，歌舞晚会把喜庆氛围推上了高潮，舞蹈、歌唱、小品、武术、魔术、戏曲等，可谓是好戏连台。喜庆、轻快的音符包围了整个平和琯城，耳畔环绕，华而不躁，清心悦耳，就如同那一阵阵四面八方袭来的柚子香，沁人心脾，热烈得让人心旷神怡。

礼炮声声，彻响天际，腾空而起的气球，把夜晚的天空装扮得五彩缤纷，喧闹的人群遍布整个广场，花山溪两岸处处都是喜庆的气氛。当烟花绽放的那一刻，人们不由自主地一同欢呼，璀璨的烟花在空中绽放，靓丽的景致照亮了一双双期盼的眼眸，看着这一张张欢容洋溢的笑脸，温暖在心中升腾。此刻，人们褪去了劳累的外衣，往日的辛苦与汗水以及一切烦恼都抛到了九霄云外，幸福与快乐其实就这么简单。璀璨的烟花照亮了黑暗，也寄托了我们来年美好的心愿。

民以食为天，国富农才安。丰收唱响了四季之歌。每一块土地都饱含着一份珍爱，延绵的收获，馈赠了我们富足的生活。

柚乡丰年

蜜柚节是我们平和人独有的节日，这个金秋时节的节日，是农民的丰收节。浇灌了一年的汗水，收获了一年的期盼和喜悦，是这一片黑土地对农民勤劳付出的一种回馈。为丰收而进行的庆贺盛典，是对勤劳农民的尊重，也是对农业文化的传承与发扬。

"庆丰收、迎小康"，一颗璀璨的明珠正随着黎明的曙光冉冉升起。发展中的平和，人们正在不断努力地超越自我，在这片平凡的荒芜陌上走出了一条自己的道路，用丰收的喜悦孕育下一个万紫千红的春天，在希望的田野上，播种了下一个富饶多彩的丰收年。

用幸福的脚印丈量生活，我们前进的步伐会更加轻盈洒脱。盛典已经拉下了帷幕，小城的暮色逐渐深沉，在清朗如水的月光下，一切依然那么静谧、完美如初。

听闻花溪道丰年

朱超源

走进平和，也许你会被漫山遍野的绿所震撼，那一丛丛、一簇簇的绿，从这个山头蔓延到那个山头，又从那个山头延伸到远方，山峦之间，几乎不留一点缝隙，千山一碧，汇成了一片绿的海洋。绿色，成了福建省漳州市平和县一张亮丽的名片。而这绿，就是被平和人称为摇钱树的蜜柚。

每到秋天，柚果缀满一树，这是柚农丰收的时刻，欢腾的时节。星星点点的黄，为绿海点染了金黄。一年的辛勤汗水浇灌换来沉甸甸的果实，柚农的兴奋溢于言表，而一年一度的蜜柚节也在这幸福的时刻拉开帷幕。从 2005 年首届蜜柚节开幕开始，平和县每年都要举办一次蜜柚节庆丰收活动，已经连续举办十六届了，从未间断过。为一种水果举办如此隆重的典礼，实属不易，不过这也并不奇怪，蜜柚这昔日皇家的贡品已经走进了千家万户，成为友谊的使者，足迹遍布大江南北，奔赴远洋，蜚声海内外，为平和人民创造了巨大的财富，有力地推动了平和地方经济的快速发展。蜜柚成为人们的"幸福果""致富果"，为它专门设立一个"节"，当之无愧。

俯瞰蜿蜒于平和大地的花山溪，她正以充沛的水量自西向

东奔涌，直至汇入九龙江西溪。作为哺育平和人民的母亲河，她自豪于人们喜欢将家安置溪畔两侧，推窗见景，灵动的水赋予小城生机与活力。花山溪没有想到，当年山洪暴发冲毁侯山西圃公的果园，幸免于难的那棵树苗，在西圃公的精心培育下居然创造奇迹，一点一点地在她的身旁改变着这个叫作"琯城"的地方。

不过，对于平和县城日新月异的变化，花山溪确实最有发言权。她见证着老城区在鳞次栉比的高楼中渐渐"矮"去，那骑马楼的连廊已避雨不再；见证着县城逐渐东扩，道路逐渐变宽变直，环城公路四通八达；惊叹于人们梦寐以求的高速公路拉到了家门口，山旮旯从此连通了外面精彩的世界……

花山溪发现，身旁不断地增加了陌生的面孔，他们着装朴素，腔调迥异，虽然皮肤晒得黝黑，但精神却十分矍铄；她发现，那些陌生人聚在一起谈论的话题更多是蜜柚，有关蜜柚的种植和收成；她发现，那些陌生人经常穿梭于街头巷尾、楼盘小区，东瞧瞧西看看。悄然中，那些从大山走出来的乡亲已经成为城里人，带着几分纯朴、几分热情，把县城与农村的距离一下子就拉近了，不分彼此，相互融合。劳动致富让大家有了共同的语言，所有的人走在了一起，共同拥有了一个属于他们庆祝丰收的节日——蜜柚节。

花山溪发现，这一年一度的蜜柚节是小城最为神奇的时刻。每当蜜柚节到来，她周围的一块块荒地就会突然间发生惊奇的变化：要么是楼盘的兴起，要么是工厂的建立，要么是学校的崛起，要么是企业的创立……整个县城一下子就喧闹起来，梦幻般的魔术让她瞠目结舌。短短的几年间，她曾经引以为豪的南山城、西山城、牛头城竟渐渐湮没在岁月的风尘里，成为人们记忆深处一枚枚璀璨的珠子，轻轻拾起，又被轻轻放下，取而代之的是市政规划合理、基础设施完备的现代化县城——世界柚乡、中国柚都。

花山溪发现，这一年一度的蜜柚节，是小城最为沸腾的时刻。几年下来，横跨在她身上的南山桥、东风桥、延寿桥变宽了，变美了，尽管在她的身上陆陆续续又增加了好多好多桥，可是让她十分诧异的是满载着蜜柚的车辆来来往往，穿梭不停；街上那崭新的小汽车接二连三地往她身上经过；溪畔上挨挨挤挤停靠的，还是小汽车。让她感到不可思议的是，每到蜜柚节开幕那天，人们不知从哪儿冒出来，小汽车居然在桥上堵成了一条条长龙，都有点水泄不通了。大家争先恐后，只为能早点儿见到艺术家们用蜜柚精心搭出的那五彩斑斓的蜜柚造型，只为能留下精彩的瞬间。

花山溪发现，这一年一度的蜜柚节是小城最为繁华的时候。蜜柚节一到，大大小小的摊点就在她的边上一字摆开，就像举行农业博览会一般，五花八门的农产品在各个摊点争相亮相，以各自独特的方式吸引着人们的眼球。人们在这个摊点挑选到自己心仪的物品，又把目光移动到下一个摊点继续搜寻，希望能有新的发现。要知道，这样的展示不仅可以让大家一饱眼福，更重要的是这样的产品展示价格比较优惠，如果有幸的话还可以"捡漏"。

花山溪发现，这一年一度的蜜柚节更是小城最为飘香的时刻。蜜柚节一到，来自全国各地的风味小吃、地方特产就像摆擂台赛一般，急着把它最诱人的一面显露出来。新疆烤羊肉串、蒙古烤牦牛肉、甘肃兰州拉面、陕西羊肉泡馍……这些原汁原味平时只能在电视镜头里挑逗你味蕾的家伙都冒出来了，

让人看了流口水。年轻人可以随便挑个地方，手撕嘴啃，任凭满嘴沾油，最原始的吃法最地道。小孩子更关心的是山东的板栗咧没咧嘴，安徽的傻子瓜子脆不脆，天津的麻花香不香？老人则对本地的特色风味情有独钟，如南胜咸水鸭、九峰本地面、福塘舂臼面、山格姑娘肉（查某囝仔肉）、大溪腌肠……这是一次美食的盛会，一次开胃的筵席，整个小城飘荡着迷人的香气，人流不断地涌过来。

花山溪醉了，潺潺的水声奏出欢快的歌儿。守住了青山，留住了绿水，勤劳的平和人在耕耘中收获，在收获中欢歌。丰收的喜悦洋溢在人们灿烂的笑容中，幸福的期冀，随着清凌凌的溪水不断漾开去，漾开去。

柚向远方

平和蜜柚产业再出发

黄水成

蜜柚产业是平和农业的支柱和命脉。历届平和县委、县政府高度重视蜜柚产业发展，经过 30 多年的高速发展，平和琯溪蜜柚产量约占全国柚类总产量的 30%，平和也成了举世瞩目的"世界柚都·中国柚乡"，琯溪蜜柚成为平和一张最亮丽的名片。然而，在一段时期内，那种片面追求产量，果农到处开山种柚，进入一种无序扩张的状态，同时又忽视了质量和品牌建设，蜜柚产业增产不增收的现象凸显。

在蜜柚产业何去何从的关键时刻，平和县委、县政府从"主动适应新常态，灵活运用新理念、展现新作为、取得新实效"实际情况出发，适时地出台《促进平和蜜柚产业高质量发展的若干措施》，提出 6 个方面、19 条具体举措。这一系列举措干货满满，旨在改变蜜柚产业由过去粗放型的量的扩张转变为质的提升，进而上升到产业转型升级上来。

平和是农业大县，特别是蜜柚产业一枝独秀，保持蜜柚产业持续健康发展，对维持全县经济平稳健康、稳中有进至关重要。如何推动蜜柚产业高质量发展是平和一项事关全局的大事，平和县委、县政府始终以辩证的眼光、理性科学的态度，

全面分析蜜柚产业发展的形势，进一步坚定信心决心，坚定不移把平和蜜柚产业做大做强。

平和琯溪蜜柚有种植历史悠久，文化积淀深厚；种植规模大，技术和人才储备丰富；口感好，品质好；品牌建设及营销渠道相对成熟这四大优势，多年来，在全国乃至海内外都有着良好的口碑。多年来，平和县委、县政府立足这"四个优势"，一直致力于产学研结合，不断强化与企业、高校、科研院所合作，推动科学技术运用到琯溪蜜柚的种植管理当中，科学种植，科学发展，平和的蜜柚产业始终走在全国的前列。平和蜜柚产业发展到今天，而不是运气，而是实力，是产品的质量，是平和柚子无可比拟的品质。

但当前平和蜜柚产业一业独大也存在结构不合理、品质不稳定、品牌意识不强、营销水平不高、加工转化率低这五个短板。有优势，有短板，当然也有机遇。以供给侧改革为契机，提高蜜柚产业发展质量，促进蜜柚品种结构合理化；同时，抓住产业扶持政策；此外，平和琯溪蜜柚产业园还成功入选国家现代农业产业园创建名单。这些为推动蜜柚产业提档升级、高质量发展提供了更加有力的政策支持和环境保障。

近年来，平和大力推进"生态旅游活县"的战略，给全域旅游带来了新的发展机遇，这有助于进一步深入挖掘蜜柚产业潜力，推进蜜柚与文旅深度融合。与此同时，在控规模、优品种、提品质、保生态、护品牌、拓市场、深加工、促融合上狠下功夫，促进蜜柚全产业链发展。

特别是在蜜柚产业转型升级的关键十字路口，平和县委、县政府主动作为，从战略高度寻求蜜柚产业再突破、再升级、再出发，一举亮出《促进平和蜜柚产业高质量发展的若干措施》（以下简称《措施》），《措施》从加强蜜柚生态果园建设、加大蜜柚产业深加工扶持力度、强化蜜柚营销和出口工作、加强品牌建设和保护以及加大金融支农力度 6 个方面，提出 19 条极具针对性、科学性的具体措施，助力平和蜜柚产业再腾飞。

在加强蜜柚生态果园建设方面，《措施》指出，平和支持高海拔地区退果还林、退果还茶，对符合规定的退果还林、退果还茶每亩补助 2000 元。推广生态果园建设，大力开展生草覆盖工程，加大宣传推广力度，禁止使用除草剂。支持高标准果园建设，每年在乡镇重点流域和饮用水源保护区域支持建设一批高标准果园示范基地。支持蜜柚专用肥和商品有机肥生产企业。鼓励蜜柚新品种创新，对获得新品种权认证的企业或个人给予 10 万元奖励。

在 19 条具体措施中，平和提出要加大蜜柚产业深加工扶持力度，对落户该县符合蜜柚深加工条件和要求的项目，给予用地、设备及深加工量等方面的扶持，优先保障项目用地，二地按照工业地价给予优惠，在坂仔镇和文峰镇建设蜜柚初加工中心。对新购深加工设备 200 万元以上或技术改进更换设备 100 万元以上且符合条件和要求的深加工企业给予 5% ~ 10% 不等的一次性奖励。每年对鲜果深加工量达到 500 吨以上（不包含以废果为原料加工制成有机肥料部分）的企业给予一次性奖励 10 万元。

酒香也怕巷子深，在强化蜜柚营销和出口工作方面，平和积极筹集资金，每年筹集 200 万元经费，鼓励、组织企业参加德国柏林水果展、成都糖酒商品交易会、长沙国际食品博览会等国内外展会，推动蜜柚进一步走出去。平和还扶持蜜柚营销

企业发展，根据企业年销售量，对销售大户进行奖励，最高不超过 40 万元。鼓励做大做强蜜柚出口，大力引进出口企业，支持出口示范基地建设。对出口信用保险保费在省市补助基础上再给予补贴 30%。取得对外出口权的企业，每家奖励 10 万元。支持企业在国外建仓，对所在国家第一家建仓的企业一次性补助 20 万元。

在 19 条具体措施中，平和明确提出要加强品牌建设和保护。一是强化商标品牌保护。加大"平和琯溪蜜柚"品牌保护力度，指导蜜柚经销商规范使用"平和琯溪蜜柚""平和红柚"等地理标志商标，依法查处滥用或不规范使用商标行为。二是鼓励商标注册。对在国外注册国际商标或通过单一国家（地区）注册商标的企业给予奖励。三是鼓励品牌创建。培育高知名度商标和提高专利质量，鼓励市场占有率和信誉度高且符合条件的企业积极认定驰名商标，对行政认定为驰名商标的企业进行奖励；引导鼓励蜜柚深加工企业对接优质、高端知识产权服务机构，实施企业专利提质增效工程。对获得中国专利金奖、中国专利优秀奖或省专利奖一等奖、二等奖、三等奖的，分别给予配套奖励。

同时，平和还将加大金融支农力度，金融机构加大对蜜柚产业的支持，促进蜜柚产业发展。多措并举推动平和蜜柚产业转型升级、高质量发展。

弥勒树

罗龙海

　　蜜柚古时被称为"平和抛"，享有"果中侠客"的美誉，这已经是人所共知。而蜜柚树其实更应该被称作弥勒树，估计大家对此知之甚少。之所以提出这样的观点，缘于我对弥勒佛和蜜柚树二者的理解。

　　前几年，在摄制地方民俗类专题节目时，迈进了各地一座又一座的庵堂，眼光一不小心接上了神佛的目光，心里就"咯噔"一下。在一座座高深的庵堂里面，神佛林林总总，面对他们我满心敬畏，敬畏他们悲天悯人的神性佛性。倘若要评选最喜欢哪个神佛，我会选弥勒佛，他的憨态可掬让我感到比其他的神佛更加真实，更加可敬可亲，尤其是"笑口常开，大肚能容"的描写，更是深入我脑我心。世上本来就不如意事十常八九，那就像弥勒佛一样洒脱点吧，为什么要像其他的神佛那般老是刻板着一张张苦脸呢？

　　后来偶尔"网上冲浪"，邂逅佛语，才发现弥勒佛不只是我所理解的笑口佛，其精神深处是苦难佛！正面是弥勒佛，而背面是苦难佛。作为弥勒佛他"大肚能容，容天下难容之事；开口便笑，笑天下可笑之人"；作为苦难佛他能够做到"放下

柚向远方

放不下的，忘掉忘不掉的"。为了天下苍生的幸福，他把世间所有的苦难都承担到自己的身上，而世间的苦难太多太多，所以苦难佛的背脊被压得好弯好弯！可是苦难佛的脸上，却永远有着世间最灿烂的笑容！

神州山水间，处处有佛缘。中国人信佛崇佛敬佛，因为佛法无边普度众生，所以弥勒佛的笑容洒遍各地。同样，我们生存的这个世界有千万种树木，它们在自然界开花结果，为人们带来无边的绿荫。它们有的自生自灭，有的被人类砍绝，有的则被人广为种植。自然界的树木扎根土壤之后，只要享受足够的阳光雨露就够了，绿色的幸福感随着伟岸的树干和婆娑的枝条铺陈开来。但是，自然界的树木并非都是幸福的，有的树苦难深重，一生之中受尽了人类的酷刑折磨以达到人类的审美标准——只因为这些树的潜在内质被人类精明的眼光发现，注定了这些树要以苦难的方式生存。

被大量种植的福建省平和县的名优水果琯溪蜜柚，应该称得上是这世界上最为苦难深重的一种树。

深秋的一个周末，正是黄昏时间，我行走在城郊的蜜柚园中，满眼是收获之后的肃杀，蜜柚树漫山遍野连绵不绝。果园内，修剪掉的枝叶铺满一地，"洗株"后残留的农药味充斥其间——听不到一声鸟叫，闻不到一丝虫鸣，蜜柚树成为名副其实的"鸟不理"树。

这个被命名为"蜜柚"的树，因为能结出蜜一样甜的果实，而在五百年前就被人关注并栽培，后来虽有幸获得过帝王的垂爱，但却发展缓慢，到了清末至民国年间，竟然濒临灭绝。好在20世纪80年代，蜜柚树迎来了旺盛发展的机遇。三十年风风雨雨过后，蜜柚的侠客风范如今已漂洋过海，在众多的西方国家留下自己的美名，而今，它的营养价值还在不断地被发现。

如果不是人们太爱蜜柚的果实，太爱它形如弥勒佛的果实，蜜柚树就不会被人多关注一秒。只因为蜜柚果实的侠客风范太诱人，吸引了无数的目光，因此蜜柚树被人为改变了"春花秋果冬眠"的植物生态，被人为地赋予了与众不同的生存方式。

秋天是蜜柚苦难的开始。果实采摘后，乘着晴朗的秋日阳光，主人要用掺杂了农药的水对蜜柚树整株进行清洗，谓之"洗株"；还要进行"阉割"——用锋利的刀在树干靠近根部的地方割一圈皮，也叫"环割"，为的是有效控制养分的吸收，提高坐果率。春天，蜜柚树郁郁葱葱地生长，这时，利刀又来了，这次是"剪头"——窜得太高的枝梢要剪掉。入夏，青果缀满枝头，这时绳子来了，竹竿来了，又是一番捆绑、撑持，不一而足。

一年一度的"洗礼割礼"，严重扰乱了蜜柚树的自然生长！试问还有哪种树遭遇过此种"殊荣"，还有哪种树有着这么强的忍受能力?！

但是，蜜柚树专享的荣宠也随之而来了：病了喷药，瘦了施肥，入冬翻土，盛夏除草，原本与自然界其他树木一样平凡的果树，如今却开出奇异的繁花，山野间飘荡起馥郁的花香，枝叶间闪出圆润硕大的果实，给主人创造了丰厚的收入，果园也由此从山脚下一直开到山顶上。

蜿蜒起伏的丘陵山地上，杉树、松树以及其他杂树，它们的生存空间正在饱受蜜柚树的侵占之苦！黄昏，夕阳斜照着紧缩在山顶上的一小片生态林，靠近一些，可以听到林子里面鸟

柚向远方

鸣啾啾，我曾经理解这一现象为热闹祥和，而今我认为这是一场自然界战争的炮响，是为了争夺筑梦的枝梢、夜间的栖所而战！没人听得懂鸟儿的叫声到底是高兴还是愤怒，不争的事实是蜜柚园从城镇周边一直扩大到边远山区，甚至借助媒体的力量传到了地形气候类似的其他省份。

在花香和果香的迷醉中，人们淡忘了蜜柚树作为树的苦难的生存方式。深挖土，断其根系；环割，剥离皮质；剪除繁枝，筋骨仅存——这一切，都是人类以所谓的爱的方式所施与！然而，这样的爱，对于蜜柚树何尝不是一种苦难的命运，一场无尽的折磨，就自然生态而言何尝不是一种背离和反叛？！

所以说，蜜柚树像弥勒佛一样，宽容着苦难的折磨，由此忘记痛的一面，展示的总是正面灿烂的笑容！

游香平与她的蜜柚膏故事

罗龙海

珀溪蜜柚果肉好吃，人尽皆知。

不过，外地消费者只知道蜜柚果肉好吃，不知道蜜柚其实一整个都是宝——果皮也可以吃，只是吃法特殊，需要特殊加工。

在平和县，有一位 80 后女士把蜜柚果皮与果肉加在一起，经过特殊秘方制作加工后，变成"蜜柚膏"。

由于这一款蜜柚膏的横空出现，"柚之乡"品牌与它的制作人游香平的名字，开始出现在柚乡人眼前。

"一开始我没有想把蜜柚膏当作市场销售的产品，我只是在家里自己鼓捣一些，用水泡开了让儿子当饮料喝！"

游香平关于蜜柚深加工的念头并不是毫无根据地冒出来的。

有一年秋天，儿子感染风寒咳嗽了，略有医学常识的她想到治疗咳嗽的药物都含有抗生素，吃多了这些药，孩子的牙齿会发黄的，而且不利于小孩的健康成长。

决不能让自己的孩子吃这些有依赖性且对身体有害的抗生素药品！

她拿出父亲从山里送来的蜜柚，剥皮洗净再切成薄片，放进锅里煮，感觉出味了，就把水倒出加上冰糖，端给儿子喝，她发现儿子居然爱喝，而且喝得很高兴、很舒服的样子。同时她又发现锅里的蜜柚果皮一经水煮变得绵软糜烂，一搅动就成了糊状！

　　受此启发，她在果皮熬成糊状之后，又加上蜜柚果肉，然后再调上冰糖或者蜂蜜，她的这种土法制作的柚皮饮料，让儿子喝得不亦乐乎！

　　游香平把自己土法制作的蜜柚膏用家里的瓶瓶罐罐装好封存了一些，一旦儿子出现感冒咳嗽的症状，立马用开水冲泡一杯让他喝下，她惊喜地发现，自己的"秘方"对处理儿子的感冒咳嗽有奇效！

　　当冬春出现寒冷天气的时候，幼儿园里不少小朋友因为感冒而病歪歪的，游香平的儿子却仍旧活蹦乱跳，表现出良好的食欲和健壮的体质。

　　幼儿园的老师和邻居阿姨注意到这一点，就跟游香平打听"幼儿养生的秘诀"。

　　游香平哈哈一笑，说，哪有什么秘诀，不过就是普普通通的一杯蜜柚果皮饮料罢了。

　　面对年轻妈妈们啧啧称奇与艳羡的目光，热心肠的游香平把原先封存的一些蜜柚膏分发给她们。

　　这一分发可不得了，因为这些年轻的妈妈也都惊喜地发现自己的孩子在喝了这些蜜柚膏冲泡的饮料之后，不感冒不咳嗽了，而且消化变好、饭量见大！此后，她们的孩子再遇上天气变化身体出现上火、咳嗽等"风吹草动"时，她们首先想到的

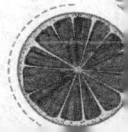

不再是社区医生，而是游香平的蜜柚膏——她们已经认定这是一种有益无害的健康饮料，甚至比市面上销售的柚子茶更好喝！

她们有的还向游香平说，蜜柚膏不仅小朋友们喝得高兴，大人也可以喝，一次丈夫喝酒醉了，泡了一杯蜜柚膏饮料，喝下之后感觉神清气爽，有解酒的功效。

这些年轻的妈妈们多次跟游香平讨要之后，七嘴八舌地说，我给你钱你又不收，多要了麻烦你了我们又不好意思，要不你把蜜柚膏批量生产嘛，推向市场，这样子多好！

一语惊醒梦中人！游香平心想：对呀，这不也是一个创业的机会嘛?！

游香平的老公在福州开了一家安防监控设备销售公司，他只希望游香平安心在自己的公司做事，帮助自己的公司壮大发展，但是，他禁不住游香平的软磨硬泡，再加上游香平的父亲、这位常年走南闯北的老人的鼎力支持，只好同意游香平创业。终于，游香平的"柚之乡"蜜柚膏批量出现在人们眼前！

兴趣是最好的老师，游香平研究得认真而且深入。她白天在老公的公司里做事情，研制蜜柚膏都是夜间在自己家里悄悄地进行。冰冻三尺非一日之寒，真要把蜜柚膏做成上档次的产品，绝不是简单的水煮加糖这么容易的事情，必须有完整的工序！

夜深人静时，她在灯光下对自己的生产制作流程进行了详细制定：蜜柚果皮洗净—切丝—加果肉—加冰糖—慢火熬煮—冷却—加蜂蜜—装罐—储存，明确每一个细节，她俨然是一个经验老到的师傅。

2014 年 10 月国庆节期间，游香平的第一批蜜柚膏总共 30 瓶，都是她的"粉丝妈妈们"预订的。

2015 年 10 月，第二次怀孕的游香平带着自己的蜜柚膏参加了平和县蜜柚节"创新创客"大赛，荣获了三等奖。此次获奖，更坚定了她把自己的心得体会和研发成果转变为公共产品的决心，于是，她投资了 180 万元在老家秀峰乡建起了蜜柚深加工厂房。

2016 年 10 月，在一年一度的平和蜜柚节土特产品展销会上，游香平自己掏钱参加展销会，在其他参展产品销售低迷的市场状态下，她的蜜柚膏取得了良好的销售业绩：她独家研制的蜜柚膏在展销现场受到群众的追捧！

多家电商因此看好她，向她递来合作经营销售的橄榄枝！

有产品就必须有标准，有品牌。游香平把自己的产品赠送给行业内的大咖、专家，恳请他们给自己的产品打分，虚心听取他们的意见和建议，他们说，巧克力、咖啡、茶叶、苦瓜都是微苦的，但是对人体有好处，你的蜜柚膏不能一味地追求甜，要尽量保持原味！

游香平最终把自己的"柚之乡"蜜柚膏定位为"甜带微苦"，保持了蜜柚的原味！

2017 年元旦过后不久，游香平生产的蜜柚膏通过了 QS 认证！人们闻讯而来，争相购买，仅 2017 年春节，她的礼品盒装蜜柚膏就销售了 2000 多盒，成为节日探亲访友的送礼佳品。

获得认证许可犹如插上腾飞的翅膀，游香平立即将目光瞄向 2017 春季成都全国糖酒会，这可是中国历史最为悠久的大型专业展会之一，是中国食品行业规模最大、影响最广的展览

柚言柚语

会，被业内人士称为"天下第一会"！

　　想当初熬煮蜜柚茶蜜柚膏只是为了让孩子避免吃那些抗生素类药品，没想到现在居然能够参加全国最大的糖酒商品交易会。一想到这儿，游香平就信心十足，她说——

　　我的产品一定会受到更多人欢迎的，希望我的蜜柚膏能让人们拥有清新健康的肺叶！

柚向远方

平和蜜柚产业背后的金融 "暖宝宝"

黄水成

新年刚过，平和县坂仔镇心田村的村民林金凤一家便忙着打点自家柚园，修剪、清园、施肥，为新的丰收而忙碌着。

蜜柚种植是一种精耕细作的现代高效农业产业。林金凤家共种植了 1380 株蜜柚，今年将有 800 多株投产，是一家六口人的生计来源。然而，保证自家蜜柚高产，每年都需要一笔不小的投入。2019 年 7 月，在柚树进入柚果中期管理的重要阶段时，需要施放有机肥、套袋包装等一系列精细化的人工管理，而当时，林金凤就因资金短缺差点让自家蜜柚面临 "断粮" 缺肥的境地。

"琯溪蜜柚" 是平和县农业的支柱和命脉，每年因资金掉链而导致蜜柚关键期 "断奶" 造成 "发育不良" 和减产的不只林金凤这样的少数人。恰逢林金凤一家一筹莫展的时候，村干部向她介绍了建设银行的 "柚农贷"。

何为 "柚农贷"？林金凤一时摸不着头脑。原来，在 2019 年 7 月 1 日，平和县政府发布了《促进平和蜜柚产业高质量发展的若干措施》，提出金融机构要加大对蜜柚产业的支持，促进蜜柚产业发展。这个措施得到了许多金融机构的热烈响应，纷纷深耕农村金融服务，掌握果商、果农的金融诉求，打通农村金融服务的"最后一公里"，从而助力扶贫攻坚及乡村振兴。"柚农贷"便是建设银行平和支行适时推出的惠农新举措。

林金凤恰好赶上了产业政策的"及时雨"。银行工作人员入户查看她的柚园，了解销售情况，信息无误后，帮她提交了贷款申请材料。几天后，一笔8万元的贷款就打到了林金凤的账户上。

"这笔钱来得及时，主要用于果园施肥等投入，2018年600株蜜柚投产，共收成10多万元，还不错。而且这笔贷款还比普通商业贷款节省4000多元利息。"林金凤说，现在已有许多亲戚和村民来打听"柚农贷"。

"以往，果农在种植过程中，因资金不足想贷款时，只能通过商业贷款，商业贷款需要提供房产抵押，手续麻烦，而且利率也较高。"建行平和支行行长庄汉阳说，蜜柚产业是平和许许多多农民的家庭支柱产业，许多农民虽有果园，但家庭积蓄不多，果园每年的投入就成问题了，"柚农贷"就是专门为平和柚农量身订制的一种便捷助农贷款，只要农民家里种植有一定数量的蜜柚，无不良征信，不用抵押，均可提出申请低息的"柚农贷"，用于解决蜜柚种植所需资金难的问题，如购买生产资料、农机、农技服务等，这种形式受到许多果农的欢迎。

在平和，还有许许多多的果农得益于"柚农贷"等金融助力，促进蜜柚产业的高质量发展。

然而，产量搞上去了，但柚子卖不出去就会造成增产减收的恶果。平和蜜柚已成全国最大宗的柚类产业，全国每3个蜜柚当中就有1个以上来自平和。目前，在国内大中城市建立了

柚向远方

3000 多个直销点，营销商达 5000 多家，参与营销的队伍达 6 万多人。平和蜜柚产业的良性循环发展背后，靠的是市场一线巨大的营销网络，这些蜜柚营销商的成败才是蜜柚产业的"晴雨表"。

"果商实力大不大，资金充不充裕，一定程度上也影响了蜜柚收购的价格，也关乎许多果农的利益。"庄汉阳说，建行平和支行在充分调研这一情况后，针对蜜柚企业推出了更加便捷快速的"闽果贷"等。

"每年 7 至 9 月份是资金最紧张的时候，此时正值柚子成熟期，需要大量资金收购蜜柚、支付蜜柚采摘人工费、包装物采购等，办理商业贷款需要房产证抵押等，而且手续较多。"张清松是平和县好柚佳果蔬经营部的老板，2019 年蜜柚上市前夕，当得知银行推行助农的"闽果贷"后，便迫不及待赶到银行去咨询办理。

银行信贷人员吴淼鑫现场查看了他的蜜柚加工大棚及往年的银行流水后，马上替他递上贷款申请，几天后，40 万元的贷款就发放到位了。

"确实没想到，便捷、低息，还能按日计息，随借随还，负担大大减轻了。"张清松算了一笔账，40 万元信用贷款，一个月的利息也就 1000 多元，比其他商业贷款成本节省了三分之一。

"收购商来果园收购蜜柚，如果没有现款，而是打白条欠账的，那对我们农民来说太没安全保障了。"林金凤的一席话道出了许多果农的共同心声。

而 40 万元"闽果贷"的及时放款缓解了张清松的资金压力，收购柚果十分顺利，2019 年产季共收购了近 200 万公斤。

柚言柚语

在平和县，已经有 108 家像张清松这样的蜜柚企业、农户得到"闽果贷""柚农贷"等助力，获得融资支持近 2600 万元。

近年来，网上经济强势崛起。电商建立了产销直通平台，不仅拓宽了市场营销渠道，还能通过这扇窗口准确判断市场景象，对蜜柚市场价格起到"稳压器"的作用，电商拉动平和蜜柚销售起到四两拨千斤的作用，电商助力平和蜜柚产业越来越明显。

"叮咚、叮咚、叮咚。"2020 年元旦前夕，走进平和县南胜镇的漳州新农人电子商务有限公司，只见电商办公室里一片繁忙的景象，工作人员忙着网店回复、接单和打单。

该公司是一家集种植、加工、销售为一体的专业蜜柚企业，拥有近 1 万平方米蜜柚加工工厂、1 万亩的天然种植基地，以及 58 名长期合作农户，是最早将平和蜜柚出口到欧洲的平和本土企业之一。

"最近在'善融平台'上主要销售后期的琯溪蜜柚及新品种葡萄柚。"公司总经理林素凤高兴地说道，"搭上善融商务列车，公司收购的蜜柚成为网红爆款，一个月时间，就有近 15 万公斤平和蜜柚销往全国，截至 2019 年 11 月，当年的订单数共 20 万单，交易额达 767 万元。"

"'善融平台'是建设银行在网银及手机端上开设的一个电商平台，企业可以入驻这个平台开展网络销售。"建行平和支行副行长蔡杨乐说。

依托雄厚的银行优质客户资源，将产品特别是一些扶贫土特产品推广销售出去，已成为许多银行的共同做法。如在工商银行的"融 E 购"上，平台特地将平和入驻商家的蜜柚加上红

色醒目的"扶贫特产"标签，以吸引更多的客户关注。

蔡杨乐说，2017年产季后期蜜柚价格跳水时，银行通过补贴资金的形式，让入驻平台的商家向挂钩的数十户贫困户以高于当时市场收购价4角的价格收购蜜柚20多万公斤，平均每户贫困户可增收1万多元。

为帮助平和特色农产品"出山进城"，建行依托自有的善融商务电商平台，开辟绿色通道，上门宣讲指导，减免相关费用，推动优质商户入驻商城，并通过网点、善融扶贫馆进行专项展示，开展秒杀、返券、爱心购等活动提升销售量，探索出了一条授之以渔的"电商＋农户"的精准扶贫模式。

金融助力，让平和蜜柚产业如虎添翼，金融已成当地蜜柚产业名副其实的贴心"暖宝宝"。如今，越来越多的平和柚农、柚商相继"触电"银行电商平台，不仅打响了平和农产品的品牌，促进了蜜柚产业振兴，还带动了当地贫困群众稳步脱贫，助力乡村振兴。

柚海 "布达拉宫"

黄荣才

高寨位于平和霞寨镇，是一个村。

高寨高，在半山腰。如果不是乡村水泥路的开通，如果不是蜜柚带来的经济发展，高寨绝对算得上偏远山村，藏在山腰不为人知，偶尔被谈及，言语中也大多是望而生畏。但许多东西的转变是在"如果"之后。

车行国道官九线，驶出县城十几分钟，可以看到在半山腰有个村落，洋气的新房子散落在漫山遍野的蜜柚林中，或露或藏，极美。从深圳回来的同学疾呼停车，说这应该就是在深圳某些漳州人朋友圈流传的"平和欧洲小镇"，名声响亮。

假日，去高寨看个究竟。站在观景台，远处的山峰颜色渐次加深，主角是蜜柚，一座山头一座山头地延伸过去，挂满金黄的柚果，真的是柚海，柚果就是浪花。从山间仰望，房子都是别墅，若隐若现，房子上面的山峰线条清晰，阳光照射在山峰，方向转换，颜色浓淡相应变化。山峰之上，白云在蓝天飘荡。澄净、平和，喧嚣顿时远离，说话的声调降低，脚步也不禁慢了下来，有种内心安宁的感觉，肃穆庄严，明白了柚海"布达拉宫"的由来。柚是背景，那份宁静是基调。

行走在柚海，从不规则的小路穿过，金黄的柚果触手可及，随便用手机一拍，就是丰收图，就是风景。不规则的石头砌成的小路，或者干脆就是泥土路，走得小心翼翼，也走回儿时的记忆，走回亲近自然的惬意。一不留心，哗，滑了几步，引发一惊一乍的惊呼和快乐的欢笑。碎沙土铺就的山间道路，走出沙沙作响的音效，极为舒坦亲切。野草从两旁向道路中间伸展，走过去，有芦苇轻轻扫过脸部，宛如母亲的抚摸，柔情四溢。野花、野果不时出现，让人在记忆中搜索，寻找答案，只是许多已经茫然，或者答案就在嘴巴里，但就是无法清晰表达，才发现确实离开乡村已经有一段距离，能够走回乡村的土地，可无法走回乡村的记忆。

　　柚海中有两棵树，两棵上了年纪的古樟树——300年树龄。两棵树相距数十米相望，高度都超过40米，树冠浓密，枝干粗壮。两棵树基本一样大小，被视为夫妻，称为夫妻树。既然有如此巧合，也就有了夫妻树的传说，说是一对勤劳的夫妻衍化而来，故事内容没有太多新奇的地方，不少景点都有类似的版本，但寄托了美好的情愫。高寨村的村民有新婚的，就来朝拜夫妻树，祈祷百年好合。如今，在树下，用小石头、花草种植等构成几个心形的造型，把两棵树交叉连接起来，引来许多游客合影，尤其是年轻的情侣，更是把这里变成演绎卿卿我我的平台。

　　柚海中有木栈道，走在木栈道上，就不是"晨兴理荒秽，戴月荷锄归"的劳作，而是旅游，是漫步，是欣赏风景。行走木栈道，可以兴之所至地走走停停，木栈道就是路标，就是方向，用不着担心找不到回去的路，劳作之途就成为游玩之路。木栈道中段有处索桥，走过去摇摇晃晃，但安全没有问题，有

柚言柚语

围栏等，要的就是动的效果。有人故意摇晃，有人在索桥中蹦跳，引发阵阵尖叫和笑闹声，不仅仅是小孩子，不少成年游客也"老夫聊发少年狂"，卸下面具，回到童年。半山硕大的蜜柚造型观景台自然是停歇的地方，游客不仅仅是看着蜜柚，而且可以走进蜜柚。在一楼休息，或者上二楼观景、拍照，有了指点江山、挥斥方遒的豪情和惬意。

高寨还有个三王庙，初建于元至治年间（约 1330 年），至今有 600 多年。在这个庙宇修建的前 9 年，也就是元至治元年（1321 年），当时从龙溪、漳浦、龙岩三县划地建立南胜县，辖区包括现在的平和县和南靖县，县治所在地是现在的南胜镇。1337 年，南胜县农民李志甫不满元朝统治，带领一批农民在南胜九牙山举行暴动，声振闽、粤、赣、浙。元顺帝急遣江南台御史浙江省平章别不花，统领闽、粤、赣、浙四省军马围剿李志甫，历时三年，别不花才在当地地方豪绅的协助下，剿灭了起义队伍。平定暴乱后，县治迁到现在的小溪镇旧县村。到了 1356 年，又迁到兰陵，也就是现在的南靖县靖城镇，南胜县也改名为南靖县，1938 年迁县治到现在的南靖县山城镇，历属漳州路、漳州府、汀漳道。到明正德十三年（1518 年），王守仁平定叛乱后，才设立了平和县。这个三王庙比南胜县迟 9 年兴建，比平和县早 188 年，可谓年代久远。据文友考证的资料称，高寨的三王庙也叫季兴堂寺庙，当地村民称有"颖良仓麻居，季兴闽粤移。欲知世祖地，寨鞍三圣寺"的诗句流传。从诗句分析，这季兴堂开始时很可能是座宗祠，除了证明高寨在很早前就有民众居住之外，还传递这些民众的来处和迁徙的路线图，至于后来如何演变成三王庙，其间曲折不得而知。这座三王庙，让游客在高寨村除了观柚，还有了寻古探幽

的意味。

　　停停走走，肚子饿了，农家饭菜就很香甜可口。自家菜园种的蔬菜，大灶、大鼎做的咸饭，金黄香脆的锅巴，在舒服味蕾之外，还会勾出许多回忆。高寨村，柚海中的"布达拉宫"，在闲适、平和、宁静之外，还是回味乡村韵味的地方。

柚花香时乘醉归

曾美旋

三月，柚花烂漫的时节。当你踏入平和的土地，绿油油的柚树随处可见，蜜柚花蕊的芬芳扑鼻而来。满山遍野，绿的海洋，白的浪花，芳香无处不在，只要有空间，就霸气十足地充斥着、弥漫着，不由分说，不容置疑。

家乡的蜜柚花就是这样令人惬意。每每柚花盛开时节，远方的朋友总会一拨又一拨相约而至。前几日，一群外省的朋友自驾过来，想亲眼见识一场蜜柚花的盛事。当他们漫步柚园，走在观光漫道的鹅卵石上和爬满百香果藤的竹架棚下，木栈道、凉亭、悬索桥，无不令人心旷神怡，忘却城市紧张的节奏，投入大自然的怀抱，让紧绷的心弦放松一下。

柚花昭示着金秋的殷实，待到蜜柚成熟的时候，来自四面八方运输柚果的车队，俨然成了交通线路上的一道风景。阵阵柚香吹过，坐在凉亭边上小憩，柚花香里说丰年。有的回味着果肉里甜甜的味道；有的说着有弹性、有嚼劲的果脯；还有一种是大家所津津乐道的，那就是近几年来走俏于市场的蜜柚酒。郑板桥先生曾在《自遣》中写道："看月不妨人去尽，对花只恨酒来迟。"这时候若是能喝上两杯，更有种酣畅淋漓的

感觉，岂不妙哉？

老家乡下，几乎家家户户都有酿酒的习惯，逢年过节都会酿制米酒，用来招待亲朋好友，家里人闲暇时光也都会小酌几杯。农村人家都勤劳且心灵手巧，山上采下来的果子，如杨梅、橄榄，把它们浸泡成梅子酒、橄榄酒，口感极佳，还有提神护味的功效，蜜柚酒更是近些年来的一个新品种。

老家在芦溪的叶总家就是世代酿酒的，这几年制作成功的"芦溪红"蜜柚酒也在市场上悄然走俏。此时想起家中确实还藏着几瓶蜜柚酒，是不久前朋友刚送的，正好与朋友们柚都之行相映成趣。

喝酒一定要和爱酒的人一起喝。我很庆幸自己身边也有几位酒友，常趁着周末的时光小酌，下酒菜可有可无，几粒花生米也可成席。记得前几年同事提着两瓶酒到家中来，打开木塞，一股浓香瞬间升腾起来，一入口才觉不对，这种感觉有些许陌生，这不是葡萄酒啊。朋友笑而不语，我轻轻摇晃着高脚玻璃杯，淡淡的咖啡色，一缕夹杂着醇香、果香、清香浓缩而成的香气扑鼻而来，沁人肺腑。这味道陌生，却有着记忆中的味道，细啜一口，轻轻闭上眼睛，感觉香醇的液体滑过舌尖，润润地滑过喉咙，先是甜中略带点儿酸，绵柔细腻，甜中带酸，又有些许苦涩。我静静地搜寻着，世界上的酒有千千万万种，国酒茅台酱香独酹，葡萄酒柔顺如丝绒，而那满口的醇香，是一种饱胀得呼之欲出的果汁芳香，若是你喜欢，还可以咀嚼上几口，这种霸道的口感，岂是那些寻常白酒、葡萄酒可以比拟的。此时早已泄露它的秘密，对，没错，蜜柚的味道，是蜜柚酒！什么时候蜜柚也可以酿制出这等美酒？

当我还在回味时，朋友们的呼叫声把我的思绪拉了回来，大家对蜜柚酒的兴致极高，都想尝尝鲜。酒过三巡，大家都打开了话匣子，都说品尝到了城市体验不到的物美价廉，朴实地道舒心。外企上班的小丽，她是见酒就红脸的人，按我们本地人的说法，喝酒会脸红的叫有人情，人情都留在红扑扑的脸上。经商的高总盯着酒瓶子，有些不情愿地说："早知道我就不当司机了，口水流了老半天，可真难受。"哈，委屈高总了，正好，还藏着一瓶呢，大家一致同意，特许高总带走它。

　　小酒怡情，但饮酒切不可贪杯。"芦溪红"的叶总说，在"芦溪红"系列酒中，蜜柚酒可是他们的支柱产品，每年销量不错，近两年来，省外的订单也在逐渐增多。蜜柚酒酿制过程比较讲究，而且酿制完成后必须存放三年方可出厂，他说这酒在这三年中会继续发酵，口感会有波动。当然，我们没办法理解他所阐述的专业性的词语，但是简单想象一下，经过三年时间的沉淀，蜜柚酒最终才能成为人们所喜爱的口感好、品质佳的上品，可知其得来不易。

　　蜜柚酒的酒精度不高，很好入口，饮得适量，会有开胃消食、清热降火、缓解疲劳及促进新陈代谢等功效，但是不知不觉中容易醉。同学曾有"喝三碗醉三天"的经历，也成为同学们每每聚会喝酒时的一个开场白，更是这酒中饶有韵味的故事。其实，我更喜欢像欣赏一件有生命的艺术品一样细品红酒，只有细细体会，融入其中，方能悟出其中真谛，品蜜柚酒亦是如此，只有掌握了正确的方法，才能体会到它所带来的那种极致的享受。

　　饭后，又喝了一壶饭店老板私藏的好茶——蜜柚花茶，一股浓郁的花香占据了鼻息间每个角落，那是兰花的香气与蜜柚花气息的完美融合，相得益彰，大家不约而同称赞道："这茶

真香!"酒已微醺，茶香更醉心田，远方的朋友皆说不虚此行。

酒不醉人人自醉，这些都源自平和琯溪蜜柚。就让友人们闻着花香，品着美酒，喝着香茗，乘醉而归吧。

深加工开启琯溪蜜柚新气象

罗龙海

三月的平和县遍地开放蜜柚花，浓郁的香气弥漫在整个平和的山山水水。前来做客的外地朋友会惊诧于空气中这么浓郁的香气，但是，当他走上平和的山头详细了解到，从县城四周延伸到乡下各个乡村，蜜柚花在3月到4月期间次第开放的果园已达70多万亩，就会恍然大悟：开花时节，整个平和县就是一座巨型花房。

70多万亩的琯溪蜜柚，年产量130万吨，虽说它有着天然水果罐头便于储藏的优势，但也挡不住大宗农产品销售不畅的通病。如果没有深加工企业的强势加入，琯溪蜜柚单纯依靠农产品果蔬批发市场销售，势必造成大量剩余，甚至烂在果园或是大棚里面。依靠深加工，做大做强琯溪蜜柚品牌势在必行。

经研讨发现，琯溪蜜柚具有极高的归纳利用价值，从表皮到果皮，从果肉到果渣均可开发利用：外果皮能够提炼香精，再获取黄酮类化合物；果皮可作为优异果胶的质料；蜜柚肉能够榨汁；剩余的蜜柚渣可加工成饲料、肥料等。1吨鲜蜜柚价值市场价若是3000元的话，通过深加工充分利用，附加值可增加8倍达到2.4万元。然而，这样高的附加值如何才能够成

功获取呢?

2017 年春季,全国糖酒会在成都举办。来自平和县的游香平研发的"柚之乡"牌蜜柚膏受到与会者追捧,后来许多电商成功加盟。游香平说,最初她在家里熬煮蜜柚膏,仅仅用水泡开了让儿子当饮料喝,没想到现在竟然能够参加全国最大的糖酒商品交易会。她的创业经历可谓是一个小小的传奇。几年前的一个秋天,她儿子感冒咳嗽,受她父亲的启发,她试着将琯溪蜜柚的皮剥下洗净,切成薄片,加水放进锅里煮,感觉出味了,就把水倒出,加上冰糖,端给儿子喝。没想到儿子竟然爱喝,而且喝得很舒畅。后来,她发现锅里的柚子果皮经水煮变得绵软,一搅动就成了糊状,就又加上柚子果肉,然后再调上冰糖或蜂蜜。经这种土办法制造的柚子膏,经水泡开后儿子喝得不亦乐乎,咳嗽也有所好转。热心的她还把柚子膏分发给儿子幼儿园同学的妈妈们,很受欢迎,大家纷纷主张游香平批量出产蜜柚膏,并推向市场。无心插柳柳成荫,如今,游香平成立了自己的公司,在平和县移民产业园有了自己的标准化加工厂。除了生产蜜柚膏,她的公司还有蜜柚原浆、蜜柚果脯等一系列备受市场青睐的产品。

在平和,除了"意外闯入"蜜柚深加工产业的 80 后年轻妈妈游香平之外,更多的是"殚精竭虑"专门研究生产蜜柚果汁、果胶、香精等关联产品的男子汉。在平和琯溪蜜柚深加工发展历史上,曾凡崖、胡文星、蔡新民、黄泽生等一批企业家,早在 2000 年前后就率先投入。当时琯溪蜜柚的种植重镇还只是县城小溪镇周边的文峰、山格、坂仔、南胜、霞寨、安厚等,平和西部乡镇囿于区位劣势较少种植。但是,这一批农字号龙头企业已经敏锐发现蜜柚产业的发展局限,预感到深加工才是蜜柚产业提档升级的关键所在。

眼光独到，思路清晰，行动果断，南海、国农、宝峰等一批深加工企业联手科研机构，与国内高校共同研发蜜柚酒、蜜柚果酱、蜜柚果脯、蜜柚饮料等一系列深加工产品，打着各自品牌的蜜柚果汁纷纷上市，一时间仿佛为平和琯溪蜜柚产业打开了一片新天地。但是，市场反馈回来的打击也是巨大的：早期这些企业生产的果汁饮料存在苦涩滋味，口感难以征服消费者，这些深加工产品无法在饮料市场达到理想的销售份额。

在平和，琯溪蜜柚产业就是最大的民生，蜜柚深加工是务必解决的短板，保持蜜柚产业持续健康发展，对维持全县经济平稳健康、稳中有进至关重要。在蜜柚产业转型升级的关键十字路口，平和县委、县政府主动作为，专门成立蜜柚深加工办公室，全面分析蜜柚产业发展形势，以引领产业全局的角度出台《关于促进平和琯溪蜜柚产业高质量发展的若干措施》，提出"种出好品质，卖出好价钱；做好深加工，提高附加值"的产业发展方向。

发展蜜柚深加工产业可以提高蜜柚附加值，提高产业效益，对于促进蜜柚产业持续健康发展具有深远意义，为此，平和县出台了优惠鼓励政策，从加强蜜柚生态果园建设、加大蜜柚产业深加工扶持力度、强化蜜柚营销和出口工作、加强品牌建设和保护、加大金融支农力度6个方面，提出了19条极具针对性、科学性的具体措施，助力平和蜜柚产业再腾飞，力促平和蜜柚产业朝着深加工延长产业链条的方向再出发，鼓励引导农业龙头企业由初级加工、单一品种生产向精深加工、多元品种转变，培育一批有较强竞争实力的大中型食品加工企业，同时还加大招商引资力度，引进更多国内外知名企业，打造蜜

柚深加工产业链。

在 19 条具体措施中，重点提出要加大蜜柚产业深加工扶持力度，对落户平和符合蜜柚深加工条件和要求的项目，给予用地、设备及深加工量等方面的扶持，优先保障项目用地，土地按照工业地价给予优惠，在坂仔镇和文峰镇建设蜜柚初加工中心。对新购深加工设备 200 万元以上或技术改进更换设备 100 万元以上且符合条件和要求的深加工企业给予一次性奖励。每年对鲜果深加工量达到 500 吨以上（不包含以废果为原料加工制成有机肥料部分）的企业给予一次性奖励 10 万元。

政府的优惠鼓励政策成为众多深加工企业的发展动力。2018 年 5 月，投资上亿元以蜜柚馅料、蜜柚蜜饯加工为主导产业的福建益果园食品有限公司高分通过市级专家组的审查，获得国家食品生产许可（SC）。而在此前生产蜜柚果膏的柚之乡食品、制造蜜柚果酱的泰达食品等平和县柚类深加工新军纷纷跨过食品市场准入门槛，取得食品生产许可证，包括之前获证的宝峰罐头食品、琯溪源食品、芦溪红酿酒等一大批蜜柚深加工企业。至此，平和蜜柚深加工企业已达 12 家，产业集群效应凸显。其中宝峰罐头食品、中宝食品、琯溪源食品三家企业总投资均超过 1 亿元。宝峰罐头食品生产蜜柚罐头饮料果粒柚早在 2014 年就已通过了美国食品药物管理局严格检测，成功通关进入美国市场。

发展壮大才是硬道理。近年来，平和县国家现代农业产业园建设重点按照"一个中心、四大园区、六大基地"空间布局进行规划建设，其中"四大园区"即中国（平和）蜜柚博览园、蜜柚加工园区、科技产业园区和文化休闲观光园区，蜜柚精深加工园区建设投资多达 7.15 亿元。如今，平和县已经研发生产了果脯、果饼、果汁、果茶、果酒、蜜柚膏、柚皮苷、蜜柚香精、蜜柚香油、蜜柚香皂、蜜柚甜点、蜜柚果酱、蜜柚花茶等 100 多种深加工系列产品，受到了市场的青睐和消费者的欢迎，年可加工蜜柚近 6 万吨，琯溪蜜柚从单一产业品种的粗放型农业，逐渐形成多品种、有市场、有活力的蜜柚产业链。

"五朵金花" 并蒂开

叶庚成

　　又是一年丰收季，漫山遍野的蜜柚挂满了枝头，将一缕缕清香撒满平和大地。

　　平和琯溪蜜柚从明代小溪西山李氏族人西圃公栽培开始，一路走来，曾以独特的风采作为贡品，被誉为"柚中之王"。在500多年的传承里，见证了一代代纯朴果农虔诚的匠心和一个家族兴衰的历史。在这个传承的谱系图里，一个叫李亚信的人重新唤醒了即将沉睡的琯溪蜜柚。

　　霜降一到，蜜柚原产地的西林村，欢声笑语让一幅丰收的乡村画卷充满了动感。李亚信的果园总是热闹的，大家都是冲着他家很有蜜香味道的白肉蜜柚而来。皮薄肉嫩汁多，甜酸爽口化渣，真有点让人垂涎。这几年很多人都嫁接了新品种，可他却护着几十年来朝夕相伴的柚树，延续着琯溪蜜柚美好的故事。

　　1984年春，李亚信偶然想起西林村历史上出过一种叫"平和抛"的优秀水果，清朝时曾作为贡品，便下决心要把自己承包的荒山上已种的作物换成琯溪蜜柚。可是，20世纪70年代大搞农业学大寨"平整土地"，把柚树都砍光了，于是李亚信便处处探听哪里还有幸存下来的琯溪蜜柚。最终他打听到联光村山上的大坑果场三地各幸存几棵以前从西林引种的琯溪蜜柚，便赶紧前往剪取芽穗进行育苗，在农业科技人员的帮助下取得成功。之后，他鼓励联光村的村民种植蜜柚。由于当时改革开放不久，不少村民不敢种植，于是他率先育苗并先种了几十棵。几年后，李亚信种植的蜜柚开始结果，拿到市场上受到许多人的热捧，许多果商马上过来订货。加上家庭联产承包制的实施和平和县政府的打造，平和琯溪蜜柚逐步成为平和县的支柱经济，平和县也发展成为中国最大的柚类商品生产基地。

很少见一种水果拥有如此之多的美称：白肉蜜柚、红肉蜜柚、三红蜜柚、黄金蜜柚、红棉福寿柚。很少见一种颜色被赋予如此多的寓意：它是尊贵的颜色，是喜庆祥和富足安康的象征。

在平和的很多高处，放眼望去满山都是金灿灿黄澄澄红通通的蜜柚，这恰似那千千万万个小金元宝、小灯笼挂满树梢，美不胜收。摘一个蜜柚轻嗅，一股特有的浓郁橘香扑鼻而来，全身的疲惫顿时消散无踪。柚肉放入口中轻嚼，微酸带甜，柚汁满溢芳香醇厚，柚香在唇齿间久久萦绕。

美好的事物必须在时间的沉浸中酝酿。琯溪蜜柚正是如此，远离尘世的喧嚣与浮躁，它不急于成就自己。数百年来，经过果农的长期栽培，不断选育，去劣繁优，加上平和自然地理条件好，气候温和，雨量充沛，土壤有机质丰富，这种自然农业时代出产的琯溪蜜柚以果大色美味佳、无籽耐贮质优而闻名海内外。

琯溪蜜柚发展至今，产量大，竞争力减弱，进行高接换种是必然趋势。正如人生总要经历一次次痛苦的嬗变，琯溪蜜柚

柚向远方

也要在裂变的阵痛中完成生命的升华。从白肉、红肉、黄肉到黄皮、红皮、红瓤，流动着原产地品种基因的琯溪蜜柚从一个高峰走向另一个高峰。

李亚信栽培的白肉蜜柚是种植时间最早、面积最广的琯溪蜜柚品种之一，又名香抛、平和抛，"果大皮薄，瓤肉无籽，色洁白如玉，多汁柔软，不留残渣，清甜微酸，味极永隽，可列为柚类之冠。"1998年，小溪镇厝丘村村民林金山在自家琯溪蜜柚园中发现果实汁胞呈红色的优良变异单株，除秉承白肉蜜柚的优良特点外，更有色泽鲜艳、美丽诱人的特征。之后，在福建省农业科学院果树研究所的努力下，红肉蜜柚培育成功，它为平和蜜柚产业的发展注入了新的动力并达到新的高潮。在此后的光阴里，平和的果农和科技人员又不断创造了一个又一个奇迹。2004年，小溪镇果农在琯溪红肉蜜柚园根据红肉蜜柚中的芽变株系选育而成三红蜜柚，其果外皮在相应遮叶下呈淡粉红色，果皮下的海绵层是粉红色的，果肉呈玫瑰红色，营养元素高于红肉蜜柚，从而把平和蜜柚的发展推向巅峰。2008年，红棉福寿柚在琯溪蜜柚芽变株系中选育成功，其果皮的海绵层是粉红色，外果皮透红晕，果肉与琯溪蜜柚一样，可称为柚中之仙。黄肉蜜柚是2009年从平和县琯溪蜜柚园中的芽变株系选育而成的，表现为早熟、果肉为脐橙色、丰产、质优。

至此，平和蜜柚的"五朵金花"相继粉墨登场，盛情绽放，那独特的酸甜味道早就融入了平和人的生活。一口白肉，一口红肉，一口黄肉，这正是属于平和自己的味道，也是打开一座城市记忆的密码。春季踏青赏柚花，秋季采摘幸福果，游客络绎不绝……以"五朵金花"为主的蜜柚绿色产业，正助力平和乡村振兴之路越走越宽广。同时，平和人以执着极致的匠人精神把"五朵金花"推广至大江南北，其强大的味觉渗透力完全征服了人们的味蕾。

南亚热带季风气候，冬暖春早、秋短夏长、雨热同季、光照充足，再加上五江之源充沛的水量，平和成了柑橘类水果最适宜种植的地区，当地群众不单单满足"五朵金花"，新发展理念、新发展格局永驻心间。他们用自己的智慧和努力继续培育和引进优良柚类品种，目前包括金橙柚、甜心柚、习柚、矮晚柚、马家柚、火焰葡萄柚等在内柚类品种、单株已达70多个，平和大地俨然成了柚类博览园。

在原产地寻味，穿越500年的时光，我们触摸到柚子后面美妙的故事和殷切的祝福。您品尝的不是蜜柚，每一滴柚汁的香味都是可以回味的历史；您品尝的不是食物，每一滴原味都是一首岁月的长歌。

借翅电商任翱翔

林泽霖

金秋十月，在平和县广袤的大地上，无论走到何处，都飘散着迷人的柚香。田间山头的蜜柚树上挂满了一个个黄灿灿的柚果，远远望去，就像一块块绿玉上镶嵌着一颗颗金光闪闪的珍珠。每年的这个时候，是平和劳动人民最繁忙的时刻，柚农早出晚归忙于采摘，工人夜以继日包装加工，货车川流不息穿梭在山路马路，商家线上线下多渠道开展销售……"忙碌"贯穿在整个产业链条的每一个环节中，而丰收的喜悦也不时地挂在他们的脸上，这个季节的平和人民很辛苦，也很快乐。

几十年来，勤劳的平和人民不断地摸索与探寻这棵"黄金树"，从种植技术、果园管理到品种研发，倾注着无数平和人的智慧与汗水。品种从单一的琯溪白肉蜜柚演变到红肉蜜柚、三红蜜柚、黄金柚等，而蜜柚的品质也日渐提高，无论是甜度、水分，还是绿色种植技术都得到了社会的认可。近年来，在当地政府和广大群众的共同努力下，琯溪蜜柚的品牌知名度已经享誉海内外，国内的各大批发市场基本上都能看到皮薄多汁的琯溪蜜柚，甚至是一些海外国家，也相继从平和进口琯溪蜜柚。

最近这几年，随着互联网时代的发展，微商、淘宝、拼多多、京东等网上购物平台逐渐占据了人们生活的一部分，只要你有一部智能手机，就能在网上买到想要买的东西，并直接送到你的家门口，十分方便；而作为普通农户，有了这样的交易平台，即便你是身处深山老林，你的产品也能够借助这些平台进入到全国各地消费者的视界中。

珰溪蜜柚也不例外。

如果说珰溪蜜柚正在起飞，那么带它飞翔的应该就是"电商"，电商就如同是插在蜜柚身上的一双翅膀，随时随地等候主人的差遣，待一声令下，张开翅膀便振翅翱翔，飞越山川大河，飞向全国各地。可以说，电商的普及，让平和蜜柚产业的发展迎来了新的春天。平和的很多山区乡镇，尤其是一些偏远山村，都相继建立了农村电商服务站点，"互联网＋"的春风终于吹进了农村"最后一公里"，这让很多山村的柚农笑逐颜开。

在闽南第一高峰——大芹山麓东北面的国强乡，有一个占地面积十几亩的蜜柚大棚叫华农蜜柚专业合作社，在每年的蜜柚采收期，这里总是忙得不可开交。一辆辆装满蜜柚的货车从全县各个山头奔赴而来驶进大棚，大棚内是一派热火朝天的生产景象，成堆的蜜柚堆积如山，几十号工人各司其职，叉车在厂房内来回穿梭……一个个金黄的柚果在近百米的输送带上不停地行进，经过层层筛选分类传送到不同的终点，每个终点处的工人将机械筛选出来的柚果进行打包装箱，有两个装的、四个装的等不同规格的蜜柚分类装置，叠放在不同的角落，整装待发。

大棚的西南处有一间 10 平方米左右的平房，房间内靠近

柚向远方

大棚的这一侧摆放着一张茶几，紧挨茶几的墙面上贴着习近平总书记在 2017 年新年贺词上讲的一句催人奋进的话——"撸起袖子加油干"。另一侧摆着几张办公桌，桌上放置着几台电脑。每到丰收的季节，合作社的负责人陈宗佑就会坐在电脑前飞快地敲击着键盘，接收来自全国各地的订单。

自古英雄出少年。陈宗佑是国强乡一个 95 后的帅小伙子，毕业于厦门大学嘉庚学院软件工程专业，在校期间，他和他的同学一起合作拿到过国际大学生软件设计领域含金量很高的 **ACM** 国际大学生程序设计竞赛福建赛区三等奖，按照他的成绩在大城市的大型软件公司上班并不在话下，而他在大学期间就已经给自己确定了人生目标，就是当一名出色的"码农"，设计出优秀的软件工程。

人的一生总会遇到几个十字路口，每一次选择都决定着不同的人生走向，大学毕业就是一个十字路口，有的人选择继续读书考研，有的人选择考公务员事业单位，有的人选择就地投个简历当个职员，也有的人选择自己创业从头开始……正当陈宗佑以为自己会一辈子干着"码农"这一行当时，他父亲的一通电话改变了他的人生。陈宗佑的父亲是国内一家知名水果连锁企业的供应商，每年给该企业供应数千万斤的琯溪蜜柚。由于年事渐高，父亲希望作为长子的他能回乡继承家业，在经过一系列的思想斗争后，陈宗佑最终选择了放弃最初的梦想，回乡接替父亲的生意。

2016 年，大学毕业后的陈宗佑回到了家乡。凭着在大学学到的知识及对信息时代下商业模式的嗅觉，陈宗佑开始尝试做微商，开店、找果、打包、贴单、找快递公司发货等，全链条就他一个人做，并在当年卖了几万斤柚子，赚了四五万元。

2017年、2018年，依靠着父亲打下的线下供应链，他又尝试做社区代发，专为其他电商商家供果，两年的时间发出了柚子近20万件。

2019年，陈宗佑接触到了拼多多，并在当年卖出了100多万箱琯溪蜜柚。尝到甜头的陈宗佑见识到了拼多多平台的巨大潜力，终于在2020年7月新开了一家名为"集锦园生鲜旗舰店"的网店，7月27日，"集锦园生鲜旗舰店"上了第一个柚子链接。从7月27日到8月3日，订单量很快就冲到日锋3000单。仅8月15日一天，柚子销量已经超过万单。出货的最高峰在9月份，日销量涨到4万单。8月份，店铺营业额冲到500多万元；9月份达到1300多万元；10月份近1000万元……

3个多月的时间，新开张的店铺卖出了2000多万斤的琯溪蜜柚，营业额已超过3200多万元，日销量稳定在1万多单至2万单，成为拼多多全平台柚子销售冠军。在传统的营销领域中，这么亮眼的销售成绩单可以说是个奇迹，但是有了电商的助力，奇迹却变得不再是奇迹，或许这就是电商的魅力。

当然，在平和把电商做大的并不止陈宗佑一个，平和还有许许多多的"新农人"，他们都忙碌在天猫、京东、苏宁易购、拼多多等各个网购平台上，甚至是老少妇孺，也都在开始慢慢适应这个信息化时代，无论在抖音还是快手等新时代传播平台，只要输入"琯溪蜜柚"一词，我们总能看到柚农朋友们推销琯溪蜜柚的身影，这也是互联网时代的魅力。

电商长路漫漫，吾辈当上下求索。电商模式的发展是顺应时代的潮流，但前路多艰，新时代的商业模式仍然有很多值得探索的地方。近年来，平和县结合电子商务进农村综合示范创

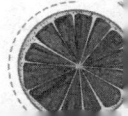

柚向远方

207

建工作，通过建设电子商务公共服务中心、构建县乡村三级物流体系和农特产品供应链管理体系、实施电子商务人才培训等一系列举措，引导更多农民和涉农企业参与农产品电子商务，打造农产品电子商务产业链，为琯溪蜜柚搭上电商"快车道"营造了良好的环境。

　　电商，正在引领新时代，改变新未来。

柚言柚语

蜜　柚

张少华

　　"连鸽哨也发出成熟的音调……紊乱的气流经过发酵／在山谷里酿成透明的好酒／吹来的是第几阵新意？醉人的香味／已把秋花秋叶深深染透……"平和蜜柚节让我不由得想起杜运燮《秋》里这些灵动的诗句。

　　秋高气爽时节，"平和琯溪蜜柚"作为中国三农园地里的一朵奇葩，再次以绚丽的姿态映照着世人的视野。平和素有"世界柚乡·中国柚都""中国产柚第一县"美誉，千山挂柚果，万壑飘柚香。回想 20 多年平和琯溪蜜柚成长之路，其间沧海变桑田，荡人心胸，令人感奋。

　　懂事时起，农村还实行人民公社制，那时家里穷，吃干饭是开荤，主食之外的水果享用是梦想中才会发生的事。一次，看见村后一棵高树上挂着垒球般大小果子，张青大哥攀枝摘取一个，小心翼翼剥开细皮，撕掉细皮下白膜，取出一个月牙形果瓣，放在我手心说："尝尝，柚子。"

　　"柚子是什么？"我十分好奇。

　　"柚子就是柚子，水果！"显然，张青大哥并不想与年幼的我多费口舌。学着他的样子，我小心翼翼地撕开果瓣皮，捏出

柚向远方

牙签样的米黄色果肉，放进嘴里一嚼，一丝酸涩瞬时钻胸入腹。这是我平生第一次吃柚子，吃土柚子，那时，酸甜适口的琯溪蜜柚还没有"出世"。就我而言，此可谓平和有柚子的最原始记忆。

平和规模化引种琯溪蜜柚其实始于 20 世纪 80 年代初。引种头几年，琯溪蜜柚价格不菲，是酬谢上宾的馈赠佳品。1992年秋天，我从外乡调回祖籍地工作，为感谢张大伯，曾特意买了琯溪蜜柚上门酬谢，张大伯十分客气地说："送这么贵重的东西！太费钱了！"

如果记忆有超前功能的话，三十年、二十年乃至十年前的我绝对想象不出今日平和的柚子会俯拾皆是，多如牛毛。

严格意义上讲，平和琯溪蜜柚栽培历史已近 500 年。早在明朝末期，就有人从广东引种琯溪蜜柚。清朝施鸿保所著《闽杂记》有载："……荔枝外，惟福橘、蜜罗柑，窃以为福橘之次，当推平和抛……"抛，即柚子。《福建物产志·果类》则载云："平和亦出产蜜柚，每襸可获五六枚。"可见，琯溪蜜柚"植龄"之所以如此之长，与其曾经贵为朝廷贡品的特殊"身份"息息相关。据说乾隆年间，琯溪蜜柚就被列为朝廷贡品，同治皇帝甚至还钦赐"西圃信记"印章一枚及青龙旗一面，作为宫廷贡品的标记和禁令，以示只有朝廷才有资格享受世间如此绝胜佳果。

平和"一果兴县"辉煌，自有其从无到有、从有到多、从多到富足的渐进发展过程，此中发展历程仅有短短 20 多年时间。平和因柚出名，抑或柚子因平和出名，恐怕谁也难以说清道明，然而，有一个感念却是明明白白的，那就是，改革开放给平和发展带来了无尽的商机和魅力。

平和县国家现代农业产业园扬帆远航

黄水成

阳春三月，素有柚海"布达拉宫"之称的平和高寨村成了花的海洋。在这望不到尽头的柚海中，成串成串的柚花挂满枝头，在这香浓如蜜的季节，八方游客蜂拥而至，这里成了春天最热闹的景观。

高寨是平和县近年新创建的国家现代农业产业园农旅示范片，通过多年建设，石阶漫道、木栈道、凉亭、悬索桥连成的一条几里长的柚海长廊，斜斜地延伸到柚海之中，沿途还布置了蜜柚造型观光台，再加灯光与音乐的巧妙点缀，一下成了最潮的网红打卡地，每逢节假日，人潮如浪。

这样的国家级现代农业产业园在平和还很多，主要位于平和县的中东部，涵盖六个乡镇，面积 1010.62 平方公里，占全县土地总面积 43.4%，现代农业产业园的成败，决定了一个产业的命运，成为平和蜜柚产业未来发展的主导。

回顾平和的蜜柚产业，差不多每个平和人都参与其中，对蜜柚的体验深入每个平和人的骨髓。经过几十年的发展，当年濒危贡品变成如今的主导产业，全县 70 万亩的种植面积，130 万吨产量，如此庞大的体量，在经济效益高速飞驰的年代，如

柚向远方

何迎来一次华丽的转身?

一树黄金果,带动千家富。琯溪蜜柚产业带动千家万户走上脱贫致富之路后,如今在生态环境、品质提升、品种结构等方面面临进一步发展的瓶颈。正是在蜜柚产业由量到质转型升级的关键十字路口,平和县在霞寨、小溪、坂仔、山格、文峰6个蜜柚主产区创建"平和县国家现代农业(蜜柚)产业园"。按照"海峡西岸优势特色产业发展先行区、中国现代蜜柚产业基地、全国蜜柚集散中心、绿色发展示范区"的创建要求,牢固树立新发展理念,围绕农业供给侧结构性改革这一主线,以提升产业质量效益和农民持续稳定增收为中心任务,以"提品质、促营销、延链条、扬文化"为主攻方向,推进蜜柚生产、加工、物流、研发、示范、服务等相互融合的全产业链发展,到2021年,建成产业特色鲜明、要素高度聚集、设施装备完善、综合效益显著、辐射带动有力的现代农业产业园,实现园区年产值近百亿元,人均可支配收入超过3万元,全面推动平和蜜柚产业由量的提升到质的转变。

经过30多年的高速发展,平和适时打造国家现代农业产业园,为全县蜜柚产业的健康发展和迈上新台阶闯出了一条新路。平和县国家现代农业产业园就像一根有力的杠杆,起到四两拨千斤、以点带面的作用,有力地撬动了蜜柚全产业链由无序到良性的发展轨道,成为引领全局的产业核心。

创建中,平和县委、县政府高屋建瓴,以绿色科技为引领,谋划产业园的发展。召开产业园专题推进会,进一步释放改革红利,持续出台一系列强农、惠农的利好举措,金融服务、科技创新、人才支撑等多方发力,有机肥推广、新品种研发、品牌保护等全面提升,园区整体实力强劲上升,使得产业园成为全县现代农业产业的晴雨表，特别是蜜柚产业技术集成、产业融合、创业平台和核心辐射作用已初步形成，带动了初深加工、农资供销、仓储物流、休闲观光等相关二、三产业快速发展。

产业园充分运用"中国驰名商标"、国家绿色食品和原产地地理标志认证、"中国欧盟'10＋10'地理标志国际互认产品"等品牌效应，为蜜柚产业提质转型开路，进一步拓展国内外市场份额。同时，30多项国家和省部厅级的科研推广项目实施，《琯溪蜜柚综合质量标准》《琯溪蜜柚苗木栽培技术规范》等地方标准和技术规范制定实行，红肉、三红等新优品种成功选育推广，40多项精深加工生产专利技术发明，100多个精深加工产品开发，国家现代农业柑橘产业技术体系平和琯溪蜜柚综合试验站、院士工作站、琯溪蜜柚科技小院和农产品质量检验检测中心等相继建立，"品牌＋科技"的效益日益凸显。

平和在国家现代农业产业园内推行先行先试的绿色发展之路，优先在产业园内推行生草覆盖、高挂微喷、水肥一体化等科技含量高的种植管理技术，以及山地（田间）轨道搬运机等运输设施，建设标准化现代果园生产示范片，以此示范引领全县现代农业发展，促进化肥农药使用减量化。推广"公司＋合作社＋农户"股份合作经营模式——柚农以柚园、劳动力、生产技术等资源要素抵押入股，初步实现"资源向资产、资金向股金、农民向股东"的转变，建设订单农业模式的现代农业生产机制。

经过多年发展，平和现代农业产业园已基本实现"一控两减三基本"目标，绿色、低碳、循环发展长效机制基本建立，绿色发展成效显著。培育了国家级龙头企业1家、省级10家，

柚向远方

农民专业合作社 784 家，80% 农户参与，利益联结机制逐步形成，运行机制逐步健全。

随着产业队伍素质不断提高，绿色发展成效更加突出。平和现代农业产业园不仅成为平和蜜柚产业的发展示范，主导产业覆盖率高，加工能力强，品牌价值高，还推动了蜜柚电商的蓬勃发展。由于技术装备水平区域先进，科研支撑体系较为完善，农业设施装备水平高，生产经营数字化业界领先，主导产业发展水平全国领先，成为主导全国柚类产业的生产标准。

平和县国家现代农业产业园 2018 年 7 月获批创建以来，已成为平和现代蜜柚产业高地，乡村产业振兴的新引擎，引领平和蜜柚产业扬帆远航。

柚言柚语

后 记

黄水成

　　蜜柚产业是平和农业的支柱、命脉。历届平和县委、县政府高度重视蜜柚产业发展，经过 30 多年的高速发展，平和的蜜柚产业好比当年的一艘小舢板，发展成了今天的巨型海上油轮，平和也因之成了举世瞩目的"世界柚都·中国柚乡"，琯溪蜜柚成为平和一张最亮丽的名片。然而，在产业转型升级的过程中，这艘巨轮也面临尾大不掉增产不增收的现象。

　　在新一轮发展的红绿灯路口，平和县委、县政府果断出击，于 2018 年 7 月获批创建平和县国家现代农业产业园。该产业园涵盖平和县霞寨、小溪、坂仔、山格、文峰 6 个琯溪蜜柚主产区。现代农业产业园就像一根杠杆，它的成败，决定了一个产业的命运，成为平和蜜柚产业未来发展的主导。

　　在 21 世纪数字经济时代，产业发展是全时空概念。为更好地促进平和现代农业产业园发展步伐，拓展文旅发展空间，助力平和蜜柚产业加快转型升级，更好地梳理蜜柚产业发展脉络，挖掘其历史文化内涵，时任主管农业的王振惠副县长主动作为，牵头主编《柚言柚语》这本书，并嘱托平和县文化体育旅游局、平和县融媒体中心、平和县作家协会三家单位出面

后
记

215

组稿。

该书从 3 月初动议以来，平和县文化体育旅游局、平和县融媒体中心、平和县作家协会马上付诸行动，时任平和县文化体育旅游局局长黄荣才连夜策划图书方案，罗列出大致框架，并召集融媒体中心负责人叶庚成、县作家协会主席黄水成一起组成编撰小组，并召开组稿碰头会，收集大半稿件。3 月 9 日，三人再次碰头组稿，针对当前已收集的稿件外，提出下一步组稿方案及内容。

从前期收集的稿件看，主要为"柚花香""蜜柚甜"及"平和抛"三类，从蜜柚全产业链上看，还缺少——现代产业园、深加工、品种发展、电商助力、蜜柚农具、蜜柚名人园、蜜柚博览园、文化展示馆、蜜柚节等系列硬性篇章，缺少这些篇章，就显得该书软弱、不完整。为此，编撰小组马上列出相关内容，组织专人采写，并于 3 月中旬将稿件收齐、编排。为加快进度，该书还分别请江惠春、朱向青、朱超源、赖丹津、林泽霖和黄水成 6 人一起校对一稿，大家各自校对一两万字，大大加快了编撰进程。在此，一并鸣谢其他热心的参与者。至 3 月 26 日，前后共 20 天，完成了全书 5 个章节 56 篇共 20 万字左右的编撰任务。

最后，不得不指出的是，由于时间紧，书中难免出现错漏之处，还请有识方家批评指正。另外，该书部分彩色图片一时无法确认拍摄作者，只能注明由相关单位提供。最后，感谢本书的每一位作者和参与者。

2021 年秋